하카타 돈코츠 라멘즈 6

HAKATA TONKOTSU RAMENS

시구식

프로야구의 페넌트레이스도 절정에 치달은 9월 하순의 어느 날.
"—린! 무슨 짓이야!"
후쿠오카 시내의 한 야구장에서 하카타 사투리가 배어 있는 노성이 울려 퍼졌다.
목소리의 주인은 아마추어 야구팀 【하카타 돈코츠 라멘즈】의 정규 2루수인 반바 젠지였다.
"진짜 하찮은 실수만 저지른다니까!"
반바가 화를 낸 이유는 상대 때문이었다. 그런데도 린 시안밍은 "시끄러워, 나한테 화내지 마." 하고 퉁명스럽게 대꾸했다.

오늘은 연습시합 날이었다. 상대 팀은 일반인들로만 구성되었다. 돈코츠 나인은 상대 투수의 변칙적인 투구 폼에 고전을 겪고 있었다. 단 한 번도 적시타를 치지 못해서 점수를 따내지 못했다. 타선이 이어지지 않는 답답한 전황이 이어졌다.

8회를 마쳤는데도 점수는 1 대 2. 투수 사이토의 역투 덕분에 팀이 겨우 리드를 지켜나갔다.

그러나 9회 초. 상대 팀에게 연타를 허용한 뒤 주자를 2루와 3루에 두고서 맞이한 투아웃 위기 상황. 타자가 친 공이 유격수 쪽으로 굴러갔다. 잡기 쉬운 땅볼이었는데, 유격수인 린이 그만 놓치고 말았다. 타구가 가랑이 사이로 빠져버렸다. 멋들어진 알까기였다. 두 주자가 홈으로 들어왔다. 이로써 점수는 3 대 2. 최종회에서 역전을 허용하고 말았다

린이 저지른 치명적인 실책 때문에 마운드에 서 있는 사이토의 얼굴이 창백해졌다. 벤치에서 감독인 고다 겐조가 머리를 싸쥐었다.

반바가 매몰차게 타박했다.

"너 때문에 역전당했다고! 반성 좀 해라!"

"뭐어?"

린이 도리어 쏘아보더니 목소리를 높였다.

"그게 왜 나 때문이야! 얻어맞은 사이토(투수) 때문이라고!"
"남 탓으로 돌리지 마!"
"하! 찬스 때 범퇴한 녀석이 잘난 척은!"
"뭐라고?!"

2루 베이스를 사이에 두고서 2루수·유격수 콤비가 말다툼을 벌이기 시작했다.

"야야."

1루수인 호세 마르티네스가 황급히 달려가서 달랬다.

"둘 다, 진정해."

혈기 왕성한 남자들 사이에 끼어드는 것은 언제나 그의 역할이었다. 상대 팀과 난투가 벌어졌을 때도, 이렇듯 같은 팀 안에서 다툼이 벌어졌을 때도 마르티네스는 맨 먼저 움직여줬다. 동료를 끔찍이 아끼는, 마음씨 착하고 믿음직한 남자였다.

"실수 좀 한 거 가지고 바가지를 북북북북 긁어대다니 시끄러워 죽겠어!"

"어떻게 그게 작은 실수냐! 이대로 경기에 지면 전부 네 탓인 줄 알아!"

"너야말로 남 탓하지 마! 오늘 안타를 한 번도 못 친 주제에!"

"뭐, 너, 너……."

"자자, 싸우지 말래도."

서로의 멱살을 잡은 반바와 린을 떼어놓으면서 마르티네스가 어깨를 들먹였다.

"1점쯤은 내가 홈런을 날려서 따라잡아줄게."

마르티네스가 말하자 두 사람은 마지못해 손을 풀었다. 그들을 간신히 진정시키고서 시합을 재개시켰다. 다음 타자가 친 땅볼을 1루수가 포구하여 아웃을 따낸 뒤 돈코츠 나인은 벤치로 돌아왔다.

9회 말, 라멘즈는 마지막 공격을 맞이했다. 타순은 운이 좋게도 1번 에노키다부터 시작됐다.

"한 명만 나가면 마르티네스까지 타석에 설 수 있다. 어쨌든 4번까지 이어보자고."

돈코츠 나인이 벤치 앞에서 동그랗게 모였다. 방금 목소리를 낸 사람은 감독인 겐조였다.

"이번 회에서 기필코 역전하는 거다!"

겐조가 기합을 넣어 외치자 돈코츠 나인이 "오!" 하고 힘차게 호응했다.

원진을 풀고서 각자 움직였다. 1번 에노키다가 타석에 들어섰다. 2번 야마토는 넥스트 배터즈 서클에서 준비했다. 3번 반바는 벤치 앞에서 배트를 휘두르기 시작했다. 팀의 주포인 4번 타자까지 이어보자며 다들 바짝 벼렀다.

린은 뾰로통한 얼굴로 벤치에 앉아서 팀원들의 그 모습을 바라봤다. 그의 타순은 7번. 타석에 나가려면 아직도 멀었다. 이번 회에서 차례가 영영 오지 않을 가능성도 있었다.

"—이봐."

린이 옆에 앉아 있는 감독 겐조에게 말을 걸었다.

"4번은 팀에서 가장 뛰어난 타자가 맡는 거지?"

불현듯 의문이 떠올랐다.

야구라는 스포츠에서는 4번째 타순에 강타자를 배치하는 풍조가 있다. 프로야구에서는 미국이나 중남미에서 데려온 외국인 선수에게 4번 타자를 맡기는 경우도 적지 않다.

라멘즈의 4번도 도미니카 공화국 출신인 마르티네스였다. 2미터에 가까운 근육질 거구에다가 통나무처럼 두꺼운 팔— 자못 공을 멀리멀리 날려버릴 수 있을 것 같은 외모였다.

"뭐, 그렇지."

겐조가 린의 질문에 모호하게 수긍했다.

"뛰어난 타자를 정의하는 기준도 다양하지만, 4번 타자는 팀을 떠받치는 기둥 같은 타자를 가리키는 게야."

"그럼 왜 4번 타자를 1번에 두질 않는 거냐?"

감독이 정한 타순에 트집을 잡을 생각은 아니었다. 그저 단순히 궁금했을 뿐이었다.

"가장 뛰어난 타자이니 그 녀석을 1번에 두면 타순이 많이 돌아와서 더 좋을 거 아냐?"

그렇게 하면 강타자가 타석에 자주 서게 되니 그만큼 점수도 쉽게 따낼 수 있지 않나? 린은 그렇게 생각했다.

그러나 그렇지 않은 듯했다. 겐조가 고개를 가로젓고서 이를 씨익 보였다.

"4번 타자한테 중요한 건 찬스 때 공을 때려서 점수를 올리는 게야."

4번이 아무리 장타력을 갖춘 강타자일지라도 타석에 설 때마다 홈런을 때릴 수는 없다. 혼자서만 득점하기란 어렵다. 겐조의 말에는 그 의미가 담겨 있었다.

야구는 아홉 명이서 수행하는 스포츠다. 수비뿐만 아니라 공격도 그렇다. 4번이 득점을 올리려면 그전에 주자를 내보낼 필요가 있다. 1번에서 3번까지 누군가가 출루한다면 4번 타자가 찬스 상황에서 타석에 설 수 있다. 타율 및 출루율이 높은 타자를 앞에 배치한다면 그 가능성이 확 올라간다.

겐조는 타석에 있는 에노키다를 가리켰다.

"우선 1번 타자가 출루한다."

그래서 출루율이 높은 에노키다를 1번에 배치했다.

"2번 타자가 번트를 대서 주자를 진루시키거나, 주자가 히트앤드런이나 도루를 시도하여 진루한다면 찬스는 더욱 커지지."

2번 야마토는 잔기술을 잘 구사하는 선수였다.

그리고 다음 타자가 이어나간다. 3번 반바는 중거리 타자다. 우측에서도 잘 때리고, 장타력도 나름 갖추고 있다. 다리도 빨라서 잡힐 확률이 낮다.

"한 사람씩, 저마다 역할이 있는 게야."

라멘즈의 상위 타선 셋은 득점할 확률이 가장 높은 찬스 때 4번이 타석에 설 수 있도록 돕는 역할이라고 겐조가 설명했다.

"혼자서는 득점을 낼 수가 없다 이 말인가?"

"그래."

겐조가 고개를 끄덕였다.

"그게 야구라는 게야."

상대 투수가 투구연습을 마치자 라멘즈의 공격이 시작됐다. 에노키다는 파울을 여덟 개나 치며 끈질기게 버틴 끝에 포볼로 진루했다. 겐조는 따로 사인을 보내지 않았지만, 뒤이은 야마토가 세이프티 번트를 시도했다. 아쉽게도 아웃됐지만, 주자인 에노키다가 2루로 진출했다.

"저 녀석들도 스스로가 뭘 해야 하는지 잘 알지."

타석에 선 선수를 쳐다보면서 겐조가 말했다.

"4번의 역할은 위기에 빠진 팀을 건져내는 게야."

그러자 벤치 앞에서 배트를 휘두르던 마르티네스가 뒤를 돌아보며 말했다.

"린, 실책은 신경쓰지 마."

그러고는 린의 머리 위에 커다란 손바닥을 올려놨다.

"뒷일은 내게 맡겨라."

그가 이를 씨익 드러내며 웃은 뒤 넥스트 배터즈 서클로 성큼성큼 걸어갔다.

"……딱히 신경 안 쓰거든."

린이 시선을 돌리고서 대꾸했다.

3번 반바가 쳐낸 타구가 1루와 2루 사이로 빠질 뻔했으나 2루수의 호수비에 막혔다. 그래도 에노키다가 3루까지 나아갔다. 진루타였다.

투아웃, 3루. 적시타 한 번이면 동점을 만들 수 있는 찬스였다.

9회까지 계속 던져온 상대 투수에게서 역시나 피로감이 엿보였다. 투아웃을 잡아내서 방심했는지 마르티네스에게 던진 제1구는 실투였다.

초구— 어설프게 한가운데로 들어온 퍼스트 스트라이크를 마르티네스는 놓치지 않았다. 바람을 붕, 가르는 풀스

윙으로 공을 냅다 날려버렸다.

청량한 가을 하늘에 하얀 공이 높이 떠올랐다. 돈코츠 나인이 벤치에서 몸을 내밀고서 공이 날아가는 광경을 지켜봤다. 마르티네스의 타구가 그대로 커다란 아치를 그리며 그라운드 밖으로 사라졌다. ―장외홈런이었다.

마운드 위에서 상대 투수가 고개를 푹 떨궜다.

마르티네스가 배트를 홱 던지고서 벤치를 향해― 린을 향해 손가락을 가리켰다. 「봤나? 해냈다」 하고 말하는 것 같은 득의양양한 표정이었다. 그러고는 주먹을 꽉 쥐고서 높이 쳐들었다.

마르티네스가 당당하면서도 천천히 다이아몬드를 한 바퀴 돌았다.

겐조가 손뼉을 치며 그의 활약을 칭찬하며 미소를 지었다.

"맛있는 기회를 잘 찾아 먹는 것도 4번의 역할인지도 모르겠구먼."

3루에 있던 에노키다가 홈으로 돌아왔다. 돈코츠 나인이 홈베이스에 모여서 마르티네스를 격하게 환영했다. 굿바이 투 런 홈런. 점수는 3 대 4. 주포가 배트를 한 번 휘둘러서 팀과 동료를 구해냈다.

라멘즈가 역전 승리를 거뒀다.

1회 초

 베라크루스시(市)는 멕시코만에 면한 국내 최대의 항만 도시이자 손꼽히는 휴양지였다. 수도에서 차를 타고 대여섯 시간쯤 달리니 멕시코다운, 선인장이 듬성듬성 서 있는 메마른 사막 풍경이 확 달라졌다. 야자수가 쭉 늘어선 남국의 풍경이 시야에 들어왔다. 독특한 문화를 갖고 있는 이 여름의 도시는 중남미의 여러 인종으로 득실거렸다. 국내외에서 온 관광객도 많았다. 얼핏 평화로운 관광도시처럼 보이지만, 그 이면에서는 마약 조직끼리 피가 튀는 항전이 이어지고 있었다.
 【로스 에세스】는 베라크루스시를 거점으로 삼은 신흥 마약 카르텔이었다. 9년쯤 전에 괴멸됐던 【베라크루스 카르

텔]의 잔당 몇 명이 멕시코뿐만 아니라 여러 나라에서 멤버들을 모집하여 이 도시에서 새롭게 결성한 다국적 범죄 부대였다. 현재 형무소에서 복역 중인 마약왕 라미로 산체스를 대신하여 그의 영역을 지키기 위해 적대조직이나 경찰과 매일 항전을 거듭하고 있었다.

로스 에세스의 멤버는 전직 군인이나 전직 경찰관, 킬러 등 험악한 자뿐이었다. 전원에게 —『S-1』, 『S-2』— 1부터 순서대로 코드네임을 부여해놨다. 참고로 이『S』는 베라크루스 카르텔의 보스인 산체스의 머리글자에서 유래했다.

S-1, 즉 우노는 이날 아지트인 베라크루스 시내에 소재한 창고로 향하고 있었다. 그는 조직 내부에서도 보기 드문 일본계였다. 베라크루스 카르텔의 전 멤버이기도 했다.

수십 분쯤 차를 몰고 가니 아지트가 보이기 시작했다. 하얀 건물이었다. 바로 옆에 있는 공터에서 카르텔 멤버 몇 명이 한창 축구를 즐기고 있었다. 다 큰 성인이 소년처럼 천진하게 뛰어다니는 광경이 흐뭇했다. 그러나 자세히 보니 그들이 차고 있는 것은 축구공이 아니라 인간의 잘린 머리였다. 어제 살해했던 저널리스트의 머리였다.

우노가 차에서 내리고서 마침 골대를 향해서 그 머리를 숫한 남자에게 말을 걸며 손짓했다.

"—이봐, 오초. 잠깐 이리로 와봐."

숯은 빗나갔다. 밀짚 중절모를 쓰고서 악취미스럽게 아로하 셔츠와 색 바랜 청바지를 입은 멕시코인 남자가 투덜거리며 다가왔다.

"뭐야 한창 재밌게 노는데."

이 남자 오초, 즉 S-8는 로스 에세스에 여덟 번째로 가입한 멤버였다. 원래 멕시코 경찰이었으나 부정한 짓을 저질러 퇴직하고서 마약 밀매상이 됐다. 아내가 일본인이라서 본인도 일본어를 할 줄 알았다. 경박한 인간이라 덜렁거리긴 하지만, 이번 임무에 동행하기에는 적임이겠지.

"지금부터 같이 일본으로 건너가자. S-0의 명령이다."

우노가 용건을 말하자 오초가 잘 다듬은 콧수염을 매만지며 물었다.

"그 계획?"

그 계획— 아시아 진출 건이었다. 이번에 일본으로 파견되는 멤버를 통솔하는 역할에 일본계인 우노가 발탁됐다.

"그래, 맞아."

"알겠어. 준비하고 오지."

발걸음을 돌려서 떠나는 오초를 바라본 뒤 우노가 건물 안에 발을 들였다. 널찍한 창고 안에는 마약과 무기가 대량으로 쌓여 있었다.

우노가 근처에 있던 남자 멤버에게 물었다.

"이봐, 4는 어디 있나?"
꾸아뜨로
"꾸아뜨로는 콜롬비아에 갔어."

남자가 대답했다.

"밀수용 잠수함을 사러 말이야."

금시초문이었다.

"뭐라고? 언제 돌아오나?"

우노가 난감해하며 한숨을 내뱉었다. 당장 일본으로 출발할 작정이었다. 일주일이나 기다릴 수는 없었.

이렇게 된 이상 다른 사람을 데려갈까? 우노는 대타를 찾기 위해 주변을 둘러보며 살펴봤다.

창고 안쪽의 넓은 빈 공간에서는 도박 복싱이 벌어지고 있었다. 조직 멤버끼리 싸움을 벌이면 누가 이길지 500페소를 걸고서 관전하는 게임이었다. 무기만 쓰지 않는다면 무엇을 하든 상관없다는 것이 규칙이었다. 전투훈련과 심심풀이 오락을 겸하는 경기였다. 그러나 멤버들이 하나 같이 난폭한지라 시합을 치르다가 생사의 기로를 헤맬 만한 큰 부상을 입는 자도 적지 않았다.

현재 링 위에는 조직 내에서 제일가는 완력을 자랑하는
에세 도세
S-12가 올라가 있었다. 로스 에세스 안에서 세 손가락에 꼽히는 인기선수였다. 관객 모두가 그 온두라스 출신의 터프 가이에게 돈을 걸고 싶어 했다.

한편, 그 강자의 대전 상대로 뽑힌 사람은 낯이 선 남자였다. 파나마모자에 선글라스를 낀, 몸매가 훤칠한 젊은이였다.

"이봐, 저 녀석은 누구야?"

우노가 손가락으로 가리키며 물었다.

"신입인 뜨레인따야."

관객들이 건 돈을 모으는 역할을 맡은 남자가 지폐를 세면서 대답했다.

"오늘이 데뷔전인데, 상대를 잘못 만났구먼."

S-30— 그러고 보니 최근에 국적불명의 신인이 들어왔다고 듣긴 했다. 그렇군, 저 남자인가? 소문에 따르면 칼을 잘 쓰는 킬러라고 하던데, 주먹은 얼마나 잘 쓸까.

우노는 뜨레인따를 관찰했다. 선글라스를 낀 채로 시합에 임하다니 상당히 여유로워 보였다. 보통은 벗고 싸우겠지. 얻어맞았을 때 렌즈가 깨진다면 파편이 눈을 찌를 가능성이 있어서였다. 저 뜨레인따는 아무 생각도 없는 바보인가? 아니면 얼굴을 맞지 않을 자신이 있나?

신입의 실력을 헤아리기 위해서 우노는 시합결과를 지켜봤다.

두 남자가 마주 보고서 주먹을 올린 채 전투태세를 취했다. 심판이 신호를 주자 시합이 시작됐다.

시합이 개시되자마자 뜨레인따가 움직였다. 몸놀림이 재빨랐다. 낮은 자세를 유지한 채 도쎄의 품속에 파고든 뒤 아래에서 위로 찌르듯 얼굴에 주먹을 날렸다.

뜨레인따의 주먹이 코 아래에 박히자 도쎄의 거구가 휘청거렸다.

링을 에워싸며 구경하던 동료들이 우렁찬 환호성을 질렀다. "¡Vamos!"^{가라}, "¡Buen hecho!"^{잘한다}라는 응원과 함께 "¡Concha tu madre!"^{빌어먹을 놈}라는 험악한 야유도 날아들었다.

모두의 예상과 달리 도쎄는 방어하기에 급급했다.

뜨레인따가 고통에 허덕이는 상대에게 가차 없이 공격을 연거푸 퍼부었다. 관자놀이, 목, 명치 등등 주먹으로 급소를 잇달아 찔렀다. 또한 발로 상대의 배와 정강이까지 냅다 찼다. 인간의 약점을 속속들이 잘 알고 있는 자만이 가능한 영리하고 적확한 움직임이었다. 저 남자, 옛날에 어느 특수부대에 몸을 담았던 적이 있었나?

뜨레인따는 강했다. 몸은 호리호리한데도 파워가 있었다. 옆구리에 들어간 결정타가 특히 강렬했다. 도쎄가 피를 토하고서 바닥에 쓰러졌다. 앞으로 고꾸라진 채로 주먹을 꽉 쥐고 있었다. 온몸을 휘감는 격통을 견뎌내며 몸을 부들부들 떨었다. 어떻게든 일어서려고 했다. 그의 이마에는 진땀이 번져 있었다.

"그만둬."

뜨레인따가 나직이 말했다. 목소리가 낮았다.

"그토록 고통스럽다면 이제 움직이지 못할 거다."

그의 말이 맞았다. 도쎄는 움직이지 못했다. 고통을 견디지 못하고 그대로 뻗어버렸다.

"승자는 뜨레인따!"

심판을 맡은 남자가 외쳤다.

그 순간, 이곳에 있던 사람들이 일제히 들끓었다. 다크호스가 등장하자 로스 에세스의 멤버들이 흥분하며 환호성을 크게 질러댔다.

패배한 도쎄는 아직도 일어서지 못했다. 그 모습을 보아하니 뼈가 몇 개 부러졌겠지.

"야, 도쎄를 병원에 데려다줘라."

우노가 심판을 맡은 남자에게 말한 뒤 뜨레인따를 가리키며 불렀다.

"그리고 거기 너."

주먹깨나 쓸 줄 아는 녀석은 쓸 만하다. 저 남자를 데려갈까? 우노는 결심했다.

"지금부터 후쿠오카에 간다."

* * *

 그로부터 며칠 뒤 우노와 오초, 뜨레인따, 세 사람은 멕시코에서 호주로 날아간 뒤 마약을 대량으로 실은 대형 밀수선을 타고서 후쿠오카로 건너갔다. 겉으로는 호주산 소고기를 실은 화물선으로 위장하고서.
 "—아아, 드디어 도착했구만."
 긴 여행이었다.
 후쿠오카 시내의 부두에 도착한 뒤 육지에 내린 오초가 기지개를 켜면서 말했다.
 "아직도 바다 위에 떠있는 기분이야."
 우노도 배에서 내렸다. 그러고는 주변을 둘러봤다. 뜨레인따의 모습이 보이지 않았다.
 "……이봐, 뜨레인따는 어딨나?"
 "저기서 토하고 있어."
 오초가 엄지로 배를 가리켰다.
 화물선 옆에 뜨레인따가 쓴 파나마모자가 보였다. 그가 웅크리고 있었다. 배 멀미가 심했는지 바다에 대고서 구토를 하고 있었다.
 "¡ Oye, Treinta!"^{이봐, 뜨레인따}
 우노가 큰소리로 불렀다.

"¿ Estás bien?" (괜찮나)

뜨레인따가 한손을 올리고서 가냘픈 목소리로 대답했다.

"Si, estoy bien." (어어, 문제없어)

말은 그렇게 했지만, 그의 얼굴은 새파랬다. 보아하니 저 남자, 주먹은 제법 강하지만 배 위에서는 형편없는 듯했다.

"이봐, 우노. 왜 저런 녀석을 데려온 거야? 일본어도 할 줄 모르는데 무슨 쓸모가 있겠냐?"

오초가 불만스러워했다.

"달리 많잖아, 쓸 만한 녀석이. 꾸아뜨로도 있고."

"꾸아뜨로는 흥정을 벌이느라 바쁜 모양이야."

"흥정?"

"마약밀수 잠수함을 매입하러 콜롬비아에 갔어." (나르코 서브마린)

"그딴 건 나중에 사라고 해, 나중에."

우노가 어깨를 들먹였다.

"그리 말하지 마. 상용 잠수함을 손에 넣으면 한 번에 십여 톤 단위의 상품을 밀수할 수 있다고. 경찰한테 발각될 위험도 줄어들고, 뜨레인따도 더는 토하지 않겠지. 순 장점뿐이야."

"저 녀석은 잠수함에서도 배 멀미를 할 것 같은데?"

이제부터 사전에 사뒀던 낚싯배를 이용하여 하카타 부

두 인근에 소재한 폐공장으로 밀수품을 옮겨야만 했다. 그 후에는 저 약물을 널리 팔아줄 만한 마약상을 찾는 과정이 기다리고 있었다. 느긋하게 쉴 여유는 없었다.

"Vamos.^가자"

배 멀미에서 회복한 뜨레인따에게 말하고서 세 사람은 걸어 나갔다.

1회 말

　베이사이드 플레이스 하카타는 하카타만에 면한 복합 상업 시설이다. 광대한 부지 안에는 상점과 레스토랑은 물론이고, 원통형 수조 아쿠아리움과 여객 터미널도 갖춰져 있다. 휴일에는 가족 동반 손님이나 외국인 관광객으로 북적인다. 건물 바로 옆에는 공원과 풋살장, 온천·암반욕 시설 등도 늘어서 있다.

　오늘은 하늘이 화창했다. 도로를 따라 심긴 야자수의 커다란 잎이 바닷바람에 나부꼈다. 마치 남국의 풍경 같구만, 하고 마르티네스는 생각했다. 모국인 도미니카나 청년 시절에 살았던 멕시코만의 해안도시를 떠올리며 왠지 정겨운 기분에 젖었다.

베이사이드 플레이스에 인접한 빨간색 전망탑— 하카타 포트 타워를 본체만체하며 시설 안에 발을 들이자 바다 내음이 살짝 감돌았다. 때마침 항구에서 시내 섬으로 향하는 정기선에 손님들이 탑승하는 중이었다.

마르티네스가 건물 안으로 걸음을 옮겼다. 여러 색깔의 물고기와 가오리, 바다거북이 우아하게 헤엄치는 중앙수조 옆을 지나 그 너머에 있는 카페에 들어갔다. 점원에게 플레인 와플과 아이스커피를 주문한 뒤 내부를 둘러봤다.

오늘은 이 가게에서 에노키다와 만날 예정이었다. 그는 이미 와 있었다. 구석진 자리에 앉아 있는 플라티나 블론드 버섯머리를 발견하고서 마르티네스가 바로 다가갔다.

"—미안, 늦었다."

마르티네스가 말을 걸자 에노키다가 고개를 들어 그쪽을 봤다. 바나나와 초콜릿 아이스크림이 얹혀 있는 와플을 한참 먹고 있었다. 그의 얇은 입술 가장자리에는 생크림이 묻어 있었다.

에노키다가 한손을 들어 응답했다.

"왔어? 먼저 먹고 있었어."

"아아, 괜찮아."

마르티네스가 맞은편에 앉으며 자신의 입가를 가리켰다. 에노키다가 의미를 알아채고서 자기 입술에 묻은 생크림을 혀로 핥고서 물었다.

"최근에 어때? 뭐 특이한 일 없었어?"

그가 늘 하는 질문에 마르티네스가 한숨을 내쉬었다.

"딱히. 네가 좋아할 법한 재미난 이야기는 없군. 요즘에 한가해서 말이야."

"요즘**에도**, 가 아니라?"

"어어, 그러네. 곤란하게 됐어. 네 고객 중에 고문사를 찾는 녀석이 있거든 소개 좀 해줘."

에노키다는 해커이자 정보꾼이고, 마르티네스는 정보를 캐내는 고문사다. 그래서 두 사람은 때때로 식사를 함께하면서 정보를 교환했다. 그러나 결국 대개는 시시한 수다만 떨다가 끝나지만.

"―그러고 보니 요전 시합, 참 좋았지. 나이스 배팅이었어."

이날도 바로 수다가 시작됐다. 화제는 지난주에 치렀던 라멘즈의 연습 시합이었다.

"마르 씨 덕분에 이겼어. 린 군도 마음의 짐을 덜었겠지?"

"아니, 네가 밥상을 잘 차려준 덕분이야."

마르티네스가 고개를 가로저었다. 겸손이 아니라 진심이었다.

시합의 향방을 결정지은 것은 분명 자신의 스윙이었다.

그러나 그전에 앞선 타자들이 찬스 상황에서 타석에 설 수 있도록 이어줬기에 타점을 올릴 수 있었다. 개인이 아니라 팀이 만들어낸 승리였다.

"마르 씨, 왠지 요즘 상태가 좋아 보이네."

에노키다가 싱글벙글 웃었다.

"도핑이라도 한 거 아냐?"

"그런 거 안 했어."

마르티네스가 바로 일축했다. 그러고 보니 며칠 전에 전직 프로야구 선수가 악물을 사용해서 체포됐다는 보도가 떠올랐다. 그는 와플을 입속으로 호쾌하게 넣고 씹으면서 대답했다.

"약은 질색이야."

"―약이라고 하니."

불현듯 에노키다의 목소리가 진지한 톤으로 바뀌었다.

"뭐야?"

"너, 국제 지명 수배가 됐어."

뜬금없는 그 말을 듣고서 마르티네스의 눈이 휘둥그레졌다. 입에 든 커피를 무심코 내뿜을 뻔했다.

마르티네스가 얼굴을 찡그리며 되물었다.

"아? 뭐라고오?"

"국제 지명 수배."

에노키다가 반복했다.

"ICPO가 뭔지 알잖아?"

ICPO(International Criminal Police Organization) —국제 형사 경찰 기구, 통칭 『인터폴』— 국경을 초월하여 범죄자나 행방불명자에 관하여 각국의 수사당국끼리 정보를 공유하거나 연대를 꾀하기 위한 국제 조직. 그쯤은 알고 있었다.

"ICPO 데이터베이스를 해킹하며 놀다가 옛날 네 이름이 튀어나왔어. 과거의 죄 때문에 지명 수배가 된 모양이야."

과거의 죄— 짐작 가는 데가 너무 많았다.

"마르 씨, 젊었을 적에 꽤나 저지르고 다녔으니까."

에노키다가 히죽 웃자 마르티네스도 웃으며 대꾸했다.

"남자는 다 그런 법이지."

"그래서 어쩔 생각이야?"

에노키다가 물었다.

"딱히 뭘 어쩌겠어."

마르티네스가 어깨를 들먹이고서 대답했다.

"인터폴은 그냥 연락 담당이잖나? 독자적인 수사팀을 갖고 있는 것도 아니고, 국경을 무시하고 수사를 할 수 있는 권한도 없다고. 내가 이름을 바꾸고서 이 도시에서 살고 있다는 사실을 녀석들은 밝혀내지 못할 거야."

자신의 정체를 아는 사람에게 발각되어 ICPO에 신고하지 않는 한 붙잡힐 리가 없다.

"옛날에는 그랬지만, 지금은 글쎄다."

에노키다가 중얼거렸다.

마르티네스가 갑자기 아무 맛도 없어진 와플을 한꺼번에 입속에 밀어 넣고서 커피로 억지로 목구멍에 흘려 넘긴 뒤 덧붙였다.

"게다가 나 같은 잔챙이를 신경 쓸 만큼 경찰도 한가하지 않다고."

* * *

"……한가하네."

린이 지루해하며 중얼거렸다.

하카타역 지쿠시 방면 출구에서 동쪽으로 나아가면 나오는 잡거빌딩 3층— 반바 탐정 사무소의 소파에 드러누운 채로 린은 몇 시간 동안 줄곧 텔레비전만 봤다.

오늘은 암살 의뢰가 들어오지 않아서 딱히 할 일이 없었다. 외출한 반바를 대신하여 사무소를 지키고 있지만, 이곳에도 손님이 올 기미가 없었다. 지루한 시간이 한참 계속될 듯했다.

버라이어티 방송을 보면서 무료한 시간을 보내고 있으

니 주부를 위한 청소 비결을 소개해주는 코너가 시작됐다.

린이 텔레비전 화면에서 주변으로 시선을 돌리고는 문득 떠올랐다.

"······청소나 할까?"

그가 중얼거리고서 벌떡 일어났다.

꾸준히 청소를 하는데도 이 방은 금세 더러워졌다. 이게 다 동거인 때문이었다. 반바는 정리가 서투른지 늘 어지럽히기만 했다.

탁자 위에 컵라멘과 편의점 도시락 용기가 방치되어 있었다. 바닥에도 쓰레기가 널려 있었다. 개수대에는 설거짓거리가 쌓여 있었다. 야구 유니폼과 용품도 방 여기저기에 내던진 채 방치해 놨다. 반바의 책상 위에 쌓여 있는 서류의 산은 당장에라도 무너질 듯했다.

린은 후쿠오카시 지정 쓰레기봉지를 펼쳐서 불필요한 물건을 쑤셔 넣었다. 그와 병행하여 빨랫감을 세탁 바구니 속에 내던졌다.

그러고는 반바의 책상 주변을 정리하기 시작했을 때였다.

"······뭐야, 이게."

서류가 난잡하게 쌓여 있는 책상 위에서 야구공을 발견했다. 경식 시합구인 것 같은데 꽤 낡았다.

"더러운 공이구만······."

전체적으로 누렇게 변색됐다. 배트에 스쳤는지 검은 흔적도 남아 있었다.

이런 공은 역시 연습 때도 쓸 수 없겠지.

"그냥 버릴까?"

린은 방구석에 있는 쓰레기통을 향해 그 공을 던졌다.

공이 포물선을 그리며 날아갔다. 그런데 이내 쓰레기통 모서리에 튕겨 가구 틈새로 굴러갔다.

"젠장, 이따가 주울까?"

린이 혀를 차고서 한숨을 내뱉은 뒤 우선 청소기를 꺼냈다.

* * *

JR하카타 시티 10층에 입점한 비어 레스토랑에서 리카르도가 취재 대상을 기다렸다. 왠지 자국인 미국 같은 분위기가 감도는 가게였다. 실내에 경쾌한 컨트리 뮤직이 흘러서 쓸데없이 노스탤지어를 자극했다. 옆자리에서 남성 2인조가 맥주를 한 손에 들고서 야구 이야기를 하고 있었다. 가게에 비치된 텔레비전에서 방송되는 야구 중계를 보는 듯했다.

혼자서 하이네켄을 마시고 있으니 잠시 뒤 기다렸던 상

대가 찾아왔다. 야쿠인이라는 일본인 남자였다. 이름은 특이하지만, 외모는 어디에서나 볼 수 있을 법한 평범한 중년남이었다.

"무라카미, 오래 기다렸지?"

야쿠인이 이름을 불렀다.

리카르도는 멕시코인과 일본인의 혼혈로 지금은 『무라카미』라는 가명을 쓰고 있었다. 실제 국적은 미국이지만, 이곳에서는 일본에서 태어나고 자랐다고 둘러댔다.

리카르도가 맞은편에 앉은 야쿠인에게 술을 권했다. 오늘도 자신이 사는 술이었다. 그의 입을 가볍게 만들려면 알코올을 많이 먹여야만 했다.

상대가 맥주를 단숨에 비운 뒤 두 번째 잔을 주문하자 리카르도가 곧바로 본론에 들어갔다.

"그 물건은?"

"확실히 준비했지."

야쿠인이 그렇게 말하면서 옆에 놔뒀던 검은 핸드백을 두드렸다. 그 안에는 투명한 봉지에 채워진 각성제가 들어 있었다. 노마파가 들여온 상품이었다.

노마파는 마약을 주요 자금원으로 삼은 폭력단의 하위 조직이다. 후쿠오카 시내, 특히 나카스 외곽을 영역으로 삼은 조직이다. 주로 각성제, 합성마약, 불법 허브 같은 약물을 제조하거나 밀수한 뒤 운송업자를 고용하여 일본 전국에 유통시킨다.

 이 야쿠인이라는 남자는 노마파뿐만 아니라 여러 조직과 얽혀 있는 프리 마약상이었다. 여기저기에서 약을 사들인 뒤 자신의 고객에게 팔아치웠다. 리카르도 지금은 그 고객 중 하나였다.

 "100그램을 가져왔어."

 야쿠인이 대답하고서 잔에 손을 뻗었다.

 "얼마나 필요해?"

 "전부 줘."

 리카르도가 바로 대답하자 상대가 굉장히 놀란 기색이었다.

 "진짜?"

 "돈이라면 있어."

 리카르도가 7백만 엔이 담긴 아타셰케이스를 탁자 위에 올려뒀다.

 케이스를 힐끗 보고서 야쿠인이 입을 열었다.

 "……돈벌이가 쏠쏠한가 보구만. 새로운 고객이라도 잡았나?"

 "돈 많은 여자를 사로잡았다. 약을 빨리 넘기라고 성화야."

 새빨간 거짓말이었다.

"오호, 여자를 홀릴 줄 아는 색남이구만?"

야쿠인이 이죽거렸다.

거래가 성립됐다. 마약이 든 백과 거금이 담긴 케이스를 맞교환한 뒤 리카르도와 야쿠인은 요리를 입에 댔다.

야쿠인이 에이징 비프 스테이크를 한입 크게 먹고서 다시 입을 열었다.

"요즘에 노마파랑 중국인 마약그룹이 다투고 있다는 소식을 아나?"

"소문은 들었지."

리카르도가 대답했다. 자세한 내용은 모른다. 그 이야기를 물어보는 것이 오늘 이곳에 온 진짜 목적이었다.

"그 마약그룹은 어떤 놈들이지?"

맥주를 다섯 잔이나 마신 덕분에 야쿠인이 주절주절 떠들기 시작했다.

"후쿠오카에 있는 중국인들이 결성한 그냥 건달 조직이야. 홍콩 조직과 연루되어 있는지 공급원도 갖추고 있지."

중국은 마약 매매자를 가혹하게 처벌한다. 체포되면 사형이 내려지는 경우가 부지기수다. 그래서 다른 나라에서 장사를 벌이고 싶어 하는 패거리도 있다.

"큰 조직인가?"

"아니. 열 명도 채 되지 않을걸? 어쨌든 그 중국인 그룹이 최근에 부쩍 활발하게 움직이더라고. 여태까지는 각성제를 주로 취급했는데, 지금은 코카인·헤로인도 거래한다나 봐."

리카르도가 고개를 갸웃거렸다. 새로운 조직이 뒷배를 봐주고 있나?

"코카인과 헤로인 모두 일본에서는 별로 인기가 없지."

"맞아. 그래서 녀석들은 후쿠오카에 사는 외국인한테 팔아. 외국인이 자주 모이는 나카스의 클럽에서 마구 팔아치우지. 근데 거긴 노마파의 영역이야. 걔네들이 멋대로 장사하는 모습이 노마파 야쿠자한테 발각돼서 마약상 중국인 몇 명이 린치를 당했지."

"오호."

린치를 당한 정도로 마약장사를 관둘 리가 없었다. 놈들의 분쟁은 앞으로도 악화되겠군, 하고 리카르도는 생각했다.

"노마파도 지금 바짝 독이 오른 상태야. 별건으로도 여러 분쟁을 겪고 있는 모양이야."

"무슨 일이 있었나?"

"패거리 몇 명이 살해됐어."

"뭐라고? 항쟁인가?"

"그럴지도 모르지."

리카르도가 어깨를 들먹였다.

"야쿠자는 참 고달프군."
"게다가 운송업자 하나가 마약단속관한테 걸렸어."
리카르도는 그 사실을 알고 있었지만, 짐짓 놀란 척했다.
"이봐, 그게 사실이야?"
"그래. 아무래도 노마파 관계자 중에 개가 숨어 있는 것 같아."

개— 그 말을 들은 순간, 심장이 크게 뛰었다.
리카르도는 애써 평온한 척 요리에 손을 댔다.
"그 녀석 때문에, 골치 아프겠군."
야쿠인이 고개를 끄덕이고서 이쪽을 쳐다봤다.
"어, 그러게나 말이야. 이봐, 수상쩍은 놈 몰라?"
리카르도는 잠깐 생각하는 척하다가 고개를 가로저었다.
"……아니, 모르겠는데."
"그래?"
야쿠인이 아쉬워하며 고개를 끄덕였다.
"지금 노마파는 혈안이 돼서 배신자를 찾고 있어. 찾자마자 처단하겠지."
"난 한 번 감방에 처박혔다가 나왔다고."
차갑게 잘 식은 하이네켄을 목구멍에 흘리면서 리카르도가 얼굴을 찡그렸다.
"다음에 또 잡히면 오랫동안 바깥에 나오지 못할 거다. 배신자가 얼른 사라지지 않으면 안심하고 장사도 못하겠군."
"맞는 말이야."
"또 상품이 들어오거든 연락해줘."
리카르도는 술값을 내려두고 백을 든 뒤 종종걸음으로 가게를 나왔다.

* * *

네 시간에 걸친 대청소를 마치고 몰라볼 정도로 사무소가 말끔해졌을 무렵에 반바가 돌아왔다. 날짜는 진즉에 바뀌었다.
어디서 술이라도 걸치고 왔는지 반바의 기분이 고양되어 있었다.
"다녀왔어!"
"어서 와."
동거인이 호들갑을 떨며 나타나자 린이 어이없다는 얼굴로 대꾸했다.
"늦었네. 어디 갔다 온 거냐?"
"시게마츠 씨랑 마시고 왔어."
반바가 대답하고서 실내복으로 갈아입기 시작했다. 벗은 외투를 바닥에 내던지는 모습을 보고 린은 발끈했다.

"너 말이야……. 그렇게 금세 어지럽히지 좀 마라. 정리한 지 얼마 안 됐다고."

린이 투덜거리자 반바가 "미—안" 하고 가볍게 흘려버렸다. 미안하다는 생각은 눈곱만큼도 없는 듯했다.

그 후에…….

"……어라?"

반바가 자신의 책상 위를 쳐다보고서 불현듯 목소리를 높였다.

"공이 없네."

그렇게 중얼거리고서 주변을 두리번거렸다.

"어? 왜 그래?"

반바가 린을 쳐다보며 책상을 가리켰다.

"린, 여기 있던 공, 몰라?"

"공? ……아아, 그거?"

그러고 보니 청소하던 중에 책상에 있던 경구를 쓰레기통에 던져버렸다.

"그 더러운 공이라면 버렸는데."

그러자 반바의 눈이 휘둥그레졌다.

"뭐?! 버렸다고?!"

상대가 느닷없이 큰소리를 지르자 린이 어리둥절해하며 고개를 끄덕였다.

"어, 어어."

그 순간 반바가 정색하며 쓰레기통으로 달려가 안을 들여다봤다. 속이 텅텅 빈 것을 확인하고는 이번에는 당황한 기색으로 창문을 열고서 몸을 내밀어 바깥을 살펴봤다. 쓰레기장을 확인하는 듯했다. 그러나 그곳에는 아무것도 없었다. 아까 전에 수거차량이 쓰레기봉지를 다 실어 갔다.

"말도 안 돼……."

반바가 경악하며 머리를 싸쥐자 린이 고개를 갸웃거렸다.

"뭐야?"

대체 그 공이 뭘 어쨌다는 거야?

2회 초

　자금원인 마약밀수를 총괄하는 노마파의 간부 키시하라는 최근 조직이 처한 상황에 골머리를 앓고 있었다.
　지난번에 프리랜서 운송업자인 트럭 운전사가 마약단속부에 체포됐다. 통상 루트를 이용하여 기타규슈까지 옮길 예정이었던 각성제 5킬로그램이 압수되어 노마파는 중요한 상품과 다리를 동시에 잃었다. 소매가로 환산하면 약 3억 엔의 손실이었다.
　그나저나 의문이 남았다. 어떻게 짭새가 노마파의 밀수 루트를 밝혀낼 수 있었을까?
　생각해볼 수 있는 가능성은 하나. ―어디선가 정보가 새어 나갔다.

조직관계자 중에 수사기관에 거래정보를 흘리는 배신자가 있다. 중대한 사태였다. 이대로 방치했다가는 또 손실을 입게 될 것이다.

"요 몇 개월 동안에 우리 사업에 관여했던 인간들의 목록을 뽑아와. 말단 판매자까지 포함해서 전부."

하루요시에 소재한 조직 사무소에 부하들을 모은 뒤 키시하라가 명령하자 그들이 힘차게 고개를 끄덕였다.

"저기, 키시하라 씨."

불현듯 그중 하나가 말했다.

"중국인 건 말입니다만."

골치를 썩이는 문제가 하나 더 있었다.

재일 중국인으로 구성된 마약 판매 조직이 최근에 노마파의 영역에서 멋대로 장사를 벌이고 있었다. 지난번에 나카스에서 약을 무단으로 팔던 중국인 멤버를 발견하여 노마파 조직원 몇 명이 에워싸고서 린치를 가했다. 이곳이 누구의 영역인지 일깨워주기 위해서. 또 호된 꼴을 당하고 싶지 않다면 손을 떼라고.

"그 살인사건도 혹시 중국인의 소행이 아닐까요?"

그 살인사건— 이번 달 중순에 노마파의 조직원 둘과 마약 판매자가 누군가에게 살해됐던 사건이었다.

"경찰의 얘기에 따르면 시체가 거꾸로 매달린 채 노출되어 있었답니다. 이건 일본인의 짓이 아닙니다. 외국인 마피아의 수법과 비슷해요."

부하의 말대로 해외 범죄 조직 중에는 일부러 시체를 능욕하고서 사람들 눈에 잘 띄는 곳에 떡하니 놔두는 놈도 있다고 한다.

어쩌면 이번 살인사건은 중국인 그룹의 소행이 아닐까? 린치에 대한 보복으로 놈들이 노마파 조직원을 죽인 게 아닐까—. 이 부하는 그렇게 생각했다.

분명 그 가능성이 아예 없지는 않았다. 만약에 중국인 그룹이 살인이라는 형태로 도발했다면 이쪽도 나름대로 대응해야만 했다.

"키시하라 씨, 어쩔까요?"

부하들의 시선이 자신에게 쏠렸다.

해야 할 일은 하나. 우선은 사실부터 확인해야 했다.

"나카스 주변에 감시꾼을 늘려. 중국인을 발견하거든 붙잡아서 데려와."

키시하라가 부하들에게 명령했다.

살인사건의 범인이 중국인이든 아니든 놈들이 언제까지고 활개 치도록 내버려둘 수는 없었다.

"고통을 가해서 입을 열게 해야겠군."

그로부터 몇 시간 뒤 부하가 키시하라에게 보고했다. 나카스에 소재한 클럽에서 코카인을 팔던 중국인 남자를 찾아내 납치했다고 했다. 마약그룹의 멤버로 아직 젊은 남자였다.

키시하라는 노마파가 소유한 테넌트 빌딩으로 향했다. 건물의 2층에서 4층까지는 음악 스튜디오가 들어서 있었다. 젊은 밴드맨들이 악기 연습에 매진하고 있었다. 그중 4층에 있는 한 방이 노마파의 고문실이었다.

방 가운데에 놓은 의자에 중국인 남자를 꽁꽁 묶은 채 앉혀 놨다. 방음시설이 갖춰진 방이니 상대에게 아무리 고통을 가해도 문제없었다. 누가 볼 염려도 없고, 새어나온 비명을 듣고서 누군가가 경찰을 부를 일도 없었다.

지금부터 이 중국인을 고문하여 정보를 불게 할 작정이었다. 그러나 키시하라는 자신의 손을 일절 더럽히지 않고 그 방면의 프로를 고용하기로 했다.

후쿠오카에 고문·심문을 전문으로 하는 업자가 있다고 소문으로 들은 적이 있었다. 키시하라는 정보꾼을 통해 그 남자를 소개받고서 이번 일을 의뢰했다.

"―당신이 노마파의 키시하라 씨인가?"

약속 시간이 되자 그 고문사가 스튜디오에 나타났다.

외국인 것 같은데 일본어가 유창했다. 몸집이 큰 남자로 피부는 거뭇하고 팔에는 문신이 새겨져 있었다. 자못 뒷골목 사람다운 풍채였으나 인상은 나쁘지 않았다.

키시하라가 곧바로 남자에게 주문했다.

"우리 조직원을 살해하여 거꾸로 매단 게 이 녀석들의 소행인지 캐내다오. 그리고 정보를 있는 대로 쥐어 짜내."

"오케이."

고문사가 소형 레코더의 스위치를 켠 뒤 씨익 웃고서 중국인에게 다가갔다.

"그럼 바로 시작해볼까. 잘 부탁한다."

남자를 올려다본 중국인의 얼굴에 공포가 서렸다.

2회 말

알레한드로 로드리게스— 통칭 『알렉스』는 젊지만 실력 좋은 킬러였다.

2미터에 가까운 거구와 검은 피부를 지닌 도미니카노. 드레드 롱헤어를 아무렇게나 땋아 놓은 헤어스타일. 색이 옅은 선글라스에 비친 두 눈은 눈빛만으로 사람을 쏘아죽일 수 있을 만큼 날카로웠다. 검은 탱크톱에서 불거진 두 팔은 맨손으로 사람의 목을 간단히 꺾어버릴 수 있을 만큼 다부졌다. 오로지 사람을 죽이기 위해서 태어난 것 같은 그 모습에 마약 카르텔 갱들은 모두 부르르 떨었다.

마약 카르텔이란 마약 생산에서 유통, 밀매에 관여하는 모든 집단을 총괄하는 단어다. 멕시코에는 이러한 카르텔이 여러 개 존재했다.

 그중 하나, 베라크루스 카르텔은 멕시코 합중국의 베라크루스주를 거점으로 삼아 활동하는 마약 카르텔이었다. 알렉스는 그 조직의 전속킬러였다. 조직 보스인 라미로 산체스의 오른팔이고, 마약 갱들 사이에서는 「Verdugo de Veracurz」[베라크루스의 처형인]이라는 별칭으로 불렸다. 돈 라미로가 「Mátalo」[죽여] 하고 명령하면 아이든 여자든 인정사정없이 목을 베어버리는 피도 눈물도 없는 남자라고 들었다.

 그 소문대로 알렉스는 비정한 남자였다.

『……설마 네가 배신자였을 줄이야.』

 알렉스가 나직이 말했다. 그의 두꺼운 입술에는 쿠바산 시가가 물려 있었다.

『잘도 밀매인[나르코]으로 변장했군. 감탄했다, 리처드.』

 화상(火傷)이 가하는 격통에 리카르도는 소리 없는 비명을 질렀다. 살이 타들어가는 불쾌한 냄새가 감돌았다.

 조직에 붙잡힌 리카르도는 베라크루스주에 소재한 조직 소유의 호텔로 끌려왔다. 두 팔과 두 다리가 묶인 채 마치 해부된 두꺼비 같은 자세로 침대에 구속되어 있던 리카르도에게 알렉스가 무덤덤한 얼굴로 고통을 가했다. 나이프로 온몸을 긋고, 시가를 살에 문대어 한참 진을 빼놓은 뒤

철저하게 자백제까지 먹여줬다.

『너, 이름이 뭐냐?』

알렉스가 질문하자 리카르도가 『리처드 루이스』라고 가냘프게 대답했다. 그 순간, 상대의 커다란 주먹이 배에 꽂혔다. 알렉스가 가차 없이 때리자 리카르도가 기침을 해댔다.

『그딴 건 알아. 난 본명을 물어본 거다.』

알렉스의 그 굵은 팔에는 알파벳 S를 본뜬 마크가 새겨져 있었다. 보스의 측근은 모두 동일한 타투를 했다. 산체스의 머리글자— 돈 라미로에게 충성을 맹세했다는 증표였다.

『손가락 숫자를 줄이고 싶지 않거든 얼른 대답해.』

처음에 리카르도는 완고하게 입을 다물었지만, 알렉스가 오랫동안 고문하자 견뎌내지 못했다. 공포가 의지를 웃돌고, 약 효능도 돌기 시작하자 이성이 간단히 무너져버렸다.

『……리카르도.』

어차피 죽임을 당할 것이다. 입을 다물 이유도 없었다. 그런 생각이 떠오르자마자 입이 가벼워진 것 같았다.

『오케이. 착한 아이군, 리코.』

알렉스가 턱수염을 쓰다듬으며 질문을 이어나갔다.

『풀네임은?』

『……리카르도 세이야 오르테가』

『세이야? 일본계인가?』

리카르도가 열기에 홀린 것 같은 흐리멍덩한 말투로 대답했다.

『……어머니가, 일본인이다.』

『소속은? 연방경찰이냐? 군대?』

리카르도가 고개를 가로젓고서『DEA』라고 중얼거렸다.

Drug Enforcement Administration— 미국 마약수사국의 약칭이다.

리카르도가 자신의 정체를 밝힌 그때였다. 호텔 방 문이 힘차게 열리더니 라미로 산체스가 부하를 대동하고서 나타났다.

피범벅이 된 리카르도의 살을 힐끗 보고서 오늘도 화려한 정장을 차려입은 베르크루스의 마약왕이 웃었다.

『꼬락서니가 참 보기 좋군. 리처드.』

리카르도가 얼굴을 찡그리며 아무 말 없이 라미로 산체스를 노려봤다. 말로 되받아칠 만한 기력은 없었다.

『알렉스, 어떠냐. 불었나?』

보스가 질문하자 알렉스가 수긍했다.

『예. 이 녀석, DEA 쪽 인간이라고 합니다.』

『오호, 미국인인가?』
 그렇고

리카르도는 미국 마약수사국에 소속된 수사관이다. 현

재는 베라크루스 카르텔의 운송업자인 척 잠입수사를 벌이는 중이었다.

―그런데 정체가 탄로 났다.

어젯밤 늦게 자택에 귀가했던 리카르도 앞에 돈 라미로의 명령을 받은 부하 몇 명이 나타나 다짜고짜 습격했다. 폭행을 당하여 기절한 뒤 눈을 떠보니 이런 지경이었다. 호텔에 감금된 리카르도를 기다리고 있었던 것은 처형인 알렉스의 고문이었다.

『……DEA라고 하니 떠올랐는데.』

돈 라미로가 무언가 떠올랐는지 입을 열었다.

『옛날에 과달라하라 갱이 DEA 수사관을 유괴했던 사건을 알고 있나?』

모를 리가 없었다. DEA에 들어간 사람이 반드시 듣는 이야기였다. 마약 갱이 원한을 품은 우수한 DEA 수사관을 납치하여 고문과 성적 폭행까지 가한 끝에 때려죽인, 1980년대에 벌어졌던 원통한 사건. 수사관의 유해는 유괴된 지 한 달 뒤에 발견됐다. 팔다리가 묶인 채 무참하게 속옷 차림으로 길바닥에 버려져 있었다.

『온몸을 두들겨 팬 뒤 막대기를 직장에 쑤셔 박았더군. 리처드, 너도 처박아볼까? 알렉스는 사디스트 게이라서 그런 게 특기일 거야.』

악취미스러운 말을 듣고 리카르도는 절망감에 휩싸였다. 동시에 공포에 지배된 몸이 덜덜 떨렸다.

DEA라는 수사기관은 비열하고 잔인한 마약 조직을 상대하기에 임무가 얼마나 위험한지 헤아릴 수 없을 지경이었다. 순직률도 FBI와는 비교도 되지 않겠지. 위험한 직무라는 건 이해하고 있었다. 임무를 수행하다가 목숨을 잃을 수 있다는 것도 각오했다.

그래도 무서워서 견딜 수 없었다.

이 녀석들은 인간이 아니다. 돈 라미로도, 알렉스도 마음을 갖고 있지 않은 무도한 악마들이다. 인간의 머리를 잘라서 장난감처럼 갖고 노는 놈들이다. 평범한 인간은 상상도 할 수 없는 잔인한 짓거리를 그들은 태연히 자행한다.

특히 마약 조직 놈들은 배신자에게는 더욱 인정사정없었다. 앞으로 자신이 무슨 짓을 당할지, 어떤 비참한 꼴을 맞이하게 될지 상상하기만 해도 당장에라도 스스로 혀를 깨물고 싶은 기분이었다.

『알렉스, 알겠나? 동료를 또 잠입시키지 않았는지 불게 해. 그 후에는 마음대로 해라. 범하든 해체하든 마음대로 하라고. 죽이면 혀와 머리를 잘라내라. 몸통은 인근 공터에 내다 버려. 그리고 머리는 DEA 본부에 보내줘라.』

라미로가 잔혹하게 명령했지만, 알렉스가 시원한 얼굴

로 고개를 끄덕였다.

『알겠습니다.』

그 후에 돈 라미로와 수하들이 방을 나갔다.

이곳에는 리카르도와 알렉스만 남았다. 실내가 다시 고요해졌다.

『동료는 없다……. 잠입한 건 나뿐이야.』

리카르도가 처형인을 노려보며 가냘픈 목소리로 말했다.

『만일 다른 수사관이 있다고 해도 내게 알려줄 리가 없다.』

알렉스가 수긍했다.

『그렇겠지.』

『어서 죽여.』

고문을 당할 바에야 차라리 빨리 죽는 편이 나았다.

알렉스가 한 박자 늦게 "그래?" 하고 중얼거렸다.

그가 나이프를 고쳐 쥐고서 움직였다.

『그럼 그리 해줄게. 나도 한가하지 않거든.』

침대 스프링이 크게 삐걱거렸다. 알렉스의 거구가 리카르도를 뒤덮었다.

『―아디오스, 수사관.』

알렉스가 나이프를 휘둘렀다.

―그 순간, 리카르도가 눈을 떴다.

몸을 벌떡 일으키고서 헐떡이는 호흡을 가다듬었다.

지금 리카르도는 베라크루스의 호텔에 있지 않았다. 이곳은 후쿠오카에 소재한 은신처 아파트였다.

그래. 자택으로 돌아와 눈을 잠시 붙일까 해서 침대에 누웠다. 그리고 어느새 잠에 빠지고 말았다.

"……꿈이었나?"

땀에 젖은 검은 머리를 쓸어 올리고서 숨을 내뱉었다.

"……여전히 불쾌한 꿈이군."

리카르도가 작게 중얼거렸다.

당시 광경이 머릿속에서 선명히 되살아났다. 폭력과 부패가 만연한 중미 멕시코의 도시. 살인과 유괴, 경찰이나 적대 조직과의 시가전이 밥 먹듯 벌어졌다. 시내 여기저기에는 무참한 시체들이 굴러다녔다.

십만 명 이상의 사망자를 낸 마약 전쟁— 그 소용돌이 속에 있던 당시를 떠올리며 리카르도는 한숨을 깊이 내쉬었다. 멕시코 카르텔에 잠입했던 그 시절의 기억은 지금도 이렇게 악몽이라는 형태로 리카르도의 마음을 좀먹고 있었다.

땀에 흠뻑 젖은 티셔츠를 벗어버렸다. 다부진 갈색 피부에는 서른 군데나 되는 상흔이 남아 있었다.

공포의 여운 때문에 손바닥이 아직도 떨렸다. 목이 심하게 말랐다. 리카르도는 침대에서 일어나 부엌으로 향했다. 냉장고를 열어 페트병을 꺼냈다. 차가운 미네랄워터를 목구멍에 흘렸다.

그로부터 어언 9년이 지났다. 리카르도는 지금도 DEA의 잠입수사관으로서 카르텔을 박멸하기 위해 일하고 있었다.

근래에 중남미 카르텔이 아시아에 진출하려는 움직임이 활발해졌다. 그래서 DEA는 아시아 여러 국가에 수사관을 잠복시켜 조직의 동향을 감시케 했다. 9년 전에 얼굴과 이름이 널리 알려진 바람에 멕시코에서는 더는 잠입수사를 벌이기 어려워진 리카르도 이렇게 머나먼 동양의 땅에 파견됐다. 후쿠오카에서 수행하는 임무는 혼혈 일본인인 리카르도에게는 적격이었다.

현재 리카르도는 말단 판매자로서 마약 조직의 사업에 파고들어 야쿠인을 비롯한 유통업자와 조직관계자로부터 정보를 수집하고 있었다. 경우에 따라서는 거래날짜와 약물 보관 장소, 수송 루트 등의 정보를 캐내어 후쿠오카의 각 수사기관에 통보한 적도 있었다.

『아무래도 노마파 관계자 중에 개가 숨어 있는 것 같아.』

야쿠인이 말했던 『개』란 그야말로 자신을 가리키는 것이었다. 리카르도가 흘린 정보 때문에 그 트럭 운전사가 체포됐다.

『지금 노마파는 혈안이 돼서 배신자를 찾고 있어. 찾자마자 처단하겠지.』

야쿠인의 말을 떠올리니 다시 불안에 휩싸였다.

―또 정체가 발각되는 게 아닌가.

수사관이라는 신분이 조직에 알려졌던 9년 전처럼 또 수난을 당하는 게 아닐까? 리카르도는 그것을 줄곧 우려했다. 옛 트라우마가 불거져 온몸이 다시 덜덜 떨렸다. 그는 마음을 다스리기 위해 스스로의 몸을 끌어안았다.

"……슬슬 물러설 땐가."

노마파가 자신의 존재를 알아채고서 의심을 품는 것도 시간문제였다. 깊이 파고드는 것은 좋지 않았다. 이쯤에서 잠입수사를 접고 철수하는 편이 스스로에게 이롭겠지. 그런 생각이 머릿속을 스쳤다.

그때였다. 업무용 핸드폰이 울렸다. 리카르도가 통화 버튼을 누르고서 단말기를 귀에 댔다.

"예."

『―리코, 나야.』

"……곤잘레스냐?"

통화상대는 워싱턴 본부에 있는 DEA 동료, 곤잘레스 수사관이었다. 같은 히스패닉계 남자로 그도 리카르도처럼 과거에 멕시코 카르텔을 척결하는 임무를 맡은 적이 있었다.

『어때? 무슨 새로운 움직임이 있었나?』

"평소랑 똑같아. 오늘은 노마파가 들여온 각성제를 100그램 구입했지."

곤잘레스 수사관에게 이렇게 정기적으로 보고하곤 했다.

『그래?』

"다만."

리카르도가 덧붙였다.

"노마파가 날 의심하기 시작한 것 같아. 슬슬 발을 빼려고 해. 앞으로는 거리를 둔 채로 놈들의 동향을 감시하게 될 거야."

『그래, 그렇군. 그게 좋겠다. 무모하게 굴지 마.』

"잘 알아."

『보스도 널 본부로 복귀시킬 생각이야. 슬슬 미국이 그립지?』

"뭐, 그렇지."

『이제 곧 돌아올 수 있어. 내가 네 대타로 자원해뒀어. 학생 시절에 유학한 적이 있어서 일본어를 나름 할 줄 알아.』

바라지도 않았던 일이었다.

"그건 고마운 말인데…… 괜찮겠나?"

『이대로 있다가는 난 중국의 벽촌으로 날아가버릴 거야.

중국의 주재수사관 인원이 부족하대.』

"나라가 워낙 거대하니까."

리카르도가 훗 웃었다.

중국은 마약 생산 대국이다. 여러 조직이 암약하고 있다. 그래서 수사관도 많이 파견한다.

『중국어를 할 줄 모르고, 중국요리도 별로야. 기왕이면 일본에서 일하고 싶구만.』

"그렇다면야 기꺼이 양보할게."

대화를 잠시 나눈 뒤 리카르도는 전화를 끊었다.

후임이 올 때까지 임무를 최대한 완수하기 위해 리카르도는 곧바로 차를 타고서 노마파의 사무소로 향했다. 조직 사무소 주변을 둘러볼 수 있는 위치에 있는 코인 주차장에 차를 세우고서 차내에서 감시를 계속했다.

9년 전에 겪었던 그 한 건 때문에 잠입수사에 소극적이 됐다는 것은 스스로도 알아채긴 했다. 옛날에는 더욱 대담하게 조직의 심층부에 파고드는 배짱과 무모함이 있었다. 그러나 혹독하게 당한 뒤로는 그럴 수가 없게 됐다. 신중해졌는지, 아니면 겁쟁이가 됐는지. 어쨌든 마약관계자와 직접 접촉하지 않아도 된다는 것만으로도 마음이 꽤나 편해졌다.

감시를 개시한 지 한 시간쯤 지났을 무렵에 사무소에 움직임이 있었다. 간부 키시하라를 비롯한 여러 남자들이 새카만 차량에 타려고 했다.

"굉장히 부산스럽군······. 무슨 일이 있나?"

리카르도는 재빨리 주차 요금을 지불하고서 차를 출발시켰다. 들키지 않도록 세심히 주의를 기울이면서 신중하게 미행을 계속했다.

차량이 십여 분쯤 국도를 달리다가 어느 임대 빌딩 앞에 정차했다. 검은 옷을 입은 남자들이 빌딩 엘리베이터에 탑승했다. 리카르도도 인근 도롯가에 주차하고서 그들의 뒤를 쫓았다. 엘리베이터 표시등을 확인하니 4층에 멈췄다.

이 빌딩 4층은 음악 스튜디오다.

"······스튜디오에 무슨 볼일이지?"

리카르도가 고개를 갸웃거렸다. 설마 이곳에 마약을 보관해뒀나?

잠시 뒤 4층에서 멈췄던 엘리베이터가 다시 움직이기 시작했다. 키시하라 일행이 돌아올지도 모른다. 엘리베이터가 1층으로 내려오기 시작했다. 리카르도는 인근 비상계단에 몸을 숨기고서 현장 상황을 엿봤다.

엘리베이터 문이 열렸다. 남자 하나가 타고 있었다. 키시하라도, 노마파 조직원도 아니었다. ―외국인이었다. 스킨헤드에 사납게 생긴 덩치가 큰 남자였다. 그의 굵은 왼

팔에는 디자인이 심플한 타투가 새겨져 있었다.

그것을 보고 리카르도는 숨을 헉 삼켰다.

"저 타투는—."

질색할 만큼 똑똑히 기억났다.

"방금 그 남자, 설마……."

외국인 남자가 빌딩을 나와 하카타 방면으로 걸어갔다.

키시하라 일행을 포기하고서 리카르도는 그 남자를 미행하기로 했다.

* * *

중국인을 고문하는 작업을 마치고서 마르티네스는 의뢰주에게 연락했다. 고통을 당한 남자가 음악 스튜디오 한가운데에 축 쓰러져 있었다.

그로부터 십여 분 뒤에 의뢰주인 노마파 간부 키시하라가 부하들 몇 명을 대동하고 나타났다.

"어때? 캐냈나?"

"뭐, 그렇지."

마르티네스가 중국인의 증언을 적은 메모를 읽으면서 보고하기 시작했다.

"우선 약을 거래하던 중에 세 사람이 살해됐던 그 사건은 이 녀석들과는 무관한 것 같다."

"사실이냐?"

"그래. 『그건 우리 소행이 아냐』라고 하더군. 아무도 죽이지 않았고, 설령 죽였다고 해도 거꾸로 매달지 않는다더라."

마르티네스가 보고를 계속했다.

"이 녀석들 아지트는 나카스에 소재한 마작방이야. 1층에 중국요리점이 있는 빌딩이라더군. 약도 거기에 보관 중이고. 최근에 외국인이 상품을 팔아달라고 맡겼다는데, 상대가 누군지는 이 녀석도 듣지 못한 것 같아."

"외국인이라……."

키시하라가 중얼거리고서 재촉했다.

"다른 정보는?"

"당신을 저주하기도 했지. 『이런 짓을 하고도 무사할 성싶으냐? 기필코 보복해주마. 내 동료가 널 죽이러 올 거다. 킬러를 고용해서 노마파 전원을 쳐죽일 거다』라더라고."

키시하라가 고문을 받았던 남자를 내려다보며 히죽거렸다.

"오호, 그거 기대하마."

중국인 남자가 키시하라를 쳐다보다가 마르티네스에게 시선을 옮겼다.

"……가오미, 제."

마르티네스를 째려보면서 남자가 뭐라고 중얼거렸다.

"뭐래?"

"가이시…… 헤이구이."

공교롭게도 중국어는 알아듣지 못했다. 시답잖은 말일 테지만, 마르티네스는 일단 남자의 발언을 적어뒀다.

보고를 한바탕 마친 뒤…….

"이번 보수다. 받아둬."

키시하라가 약속했던 금액인 5만 엔에다가 만 엔짜리 지폐 한 장을 추가로 건넸다.

"통이 크구만."

"경찰한테 늘 지불하는 세금에 비하면 싼 편이야."

마르티네스는 받지 않았다.

"기껏 줬는데 미안하게 됐군. 5만 엔이면 충분해."

"양심적인 고문사구만. 마음에 들었다. 뒷배를 봐주지."

"잘 부탁한다."

마르티네스가 스튜디오에서 나온 뒤 엘리베이터에 탔다.

그 후에 마르티네스는 지하철을 타고서 하카타 방면으로 향했다. 하카타역에서 내린 뒤 반바 탐정 사무소로 향했다. JR하카타역 지쿠시 방면 출구를 나와 한동안 나아가면 나오는 빌딩 3층. 문은 잠겨 있지 않았다.

"나야, 실례 좀 한다."

양해를 구하고서 안에 들어가니 사무소에 남자가 한 명 있었다. 아마추어 야구단의 팀메이트이자 이 사무소 주민이기도 한 린시안밍이었다.

"……뭐야, 마르냐?"

린은 텔레비전을 보고 있었다. 이쪽으로 고개를 돌린 뒤 일어났다.

"무슨 일이야? 무슨 용건이라도 있어?"

"네게 부탁할 게 좀 있어서."

"나한테? 별일이네. 뭐, 앉아."

린이 권하자 응접용 의자에 앉았다. 그가 맞은편에 앉자 마르티네스가 사정을 설명했다.

"실은 어느 중국인을 고문해달라는 의뢰를 받았는데, 그녀석이 마지막에 중국어로 뭐라고 지껄이더라고. 일단 조사해둘까 해서. 네가 해석해주면 좋을 텐데."

중국인의 발언을 적었던 메모지를 꺼내고서 읽었다.

"가오미제, 가이시, 헤이구이……. 알겠어?"

"아아."

역시 린은 알아들은 듯했다.

"고밀자(告密者)_{가오미제}, 해사(該死)_{가이시}, 흑귀(黑鬼)_{헤이구이}."

"무슨 뜻이야?

"고밀자_{가오미제}는 『고자질쟁이』라는 의미야. 해사_{가이시}는 『우라질』이나 『뒈져버려』라는 뜻이고, 흑귀는 영어로 표현하자면 『니거(헤이구이)』와 상통하겠네. 차별용어야."

다시 말해 전부 자신에게 내뱉은 욕설이었단 말인가?

"……몇 대 더 패주고 올 걸 그랬다."

그 중국인 놈 같으니. 마르티네스가 이맛살을 찌푸렸다. 말이 통하지 않는다고 해서 마음껏 욕설을 지껄이다니.

"고맙군, 린. 보답으로 밥이라도 살게."

마르티네스가 그렇게 말하다가 문득 떠올랐다.

"―그러고 보니 말로우는 어딨어? 나갔나?"

"말로우?"

린이 고개를 갸웃거렸다.

"필립 말로우. 사립탐정이야. 챈들러가 쓴 책 정도는 읽어라."

마르티네스가 쓴웃음을 지으며 고쳐 물었다.

"반바는 어디 갔어?"

그러자 린의 얼굴이 확 바뀌었다.

그가 얼굴을 잔뜩 찡그리며 툭 내뱉었다.

"……알게 뭐야, 그딴 놈."

가시가 돋친 목소리였다.

"이봐, 이봐. 무슨 일이 있었던 거야?"

"딱히."

딱히 아무 일도 없다는 표정이 아니었다. 그는 감정을 얼굴에 훤히 다 드러내는 남자였다. 반바와 다투기라도 했나?

"라멘 사줄 테니까 기분 풀어."

중국어를 해석해준 답례도 할 겸 마르티네스는 린을 데리고서 나카스로 향했다.

　　　　　　＊　＊　＊

방이 너저분했다. 그래서 청소했다. 그저 그뿐이었다. 오늘만 특별한 게 아니라 흔한 일이었다. 지금껏 여러 번 해왔다.

그런데— 반바가 어째선지 화를 냈다.

『무슨 짓을 한 거야!』

하카타 사투리로 내뱉는 노성이 사무소에 울려 퍼졌다.

『뭐어?』

영문을 모른 채 린이 고개를 갸웃거렸다.

『뭐야, 뜬금없이. 왜 발끈한 거냐?』

그냥 청소만 했을 뿐이잖아? 대체 뭐야?

린이 기막혀하자 반바가 더욱 노성을 질렀다.

『제멋대로 굴다니!』

『야, 잠깐만.』

역시나 그런 소리까지 듣고서 잠자코 있을 수는 없었다. 린이 이맛살을 찡그리며 반론했다.

『제멋대로 굴었다니 그게 뭔 소리냐. 내가 기껏 방 청소를 해줬는데―.』

『멋대로 남의 물건을 버리다니! 바보 아냐!』

반바의 분노가 가라앉지 않았다. 침을 튀겨가며 험악한 목소리로 외쳤다.

『그딴 더러운 공을 버리든 말든 뭐가 문제야!』

린도 뒤질세라 목에 핏대를 세우며 받아쳤다.

『문제없을 리가 없잖아! 그 공은―.』

갑자기 반바가 말을 멈췄다.

분위기가 썰렁해졌다.

『……그 공이, 뭔데.』

린이 상대를 쳐다보며 째려봤다.

『어서 말해.』

반바가 침묵했다. 대답하지 않았다. 그저 『이제 됐다』 하고 언짢은 목소리로 중얼거린 뒤 린에게 등을 돌렸다. 짜증스러운 기색으로 사무소를 나간 뒤 문을 쾅, 닫고는 발소리를 쿵쿵, 내며 떠났다.

―어젯밤에 벌어졌던 일이었다.

"―뭐가 『이제 됐다』야! 영문을 모르겠다고!"

린이 잔을 쾅 내려놓으며 외쳤다.

린은 마르티네스와 함께 찾은 나카스의 포장마차 『겐짱』에서 후쿠오카 명물인 돈코츠 라멘을 먹으면서 어젯밤에 벌어졌던 그 일을 모두에게 설명했다. 옆자리에 앉은 마르티네스가 "자자, 진정해" 하고 다독였다. 눈앞에서 가게 주인인 겐조가 "너무 화내지 말거라" 하고 타일렀다.

포장마차에는 에노키다도 와 있었다. 린의 이야기를 들으면서 고개를 갸웃거렸다.

"반바 씨가 그토록 화가 나다니 별일이네."

"그런가? 맨날 화내잖아? 요전 시합 때도 무지하게 발끈했고. 내가 실책했을 때 맨날 박박 긁어대니 시끄러워."

"뭐, 그렇긴 하지만."

반바는 평소에는 대범하고 온후한 남자다. 그러나 스위치가 켜진 순간 급변한다. 의외로 격정가다. 야구가 얽혔을 때는 특히. 시합 중에 자그마한 실수를 했을 뿐인데 얼마나 된서리를 맞았는지. 과거를 회상하니 더더욱 짜증이 치밀었다.

"딴 녀석한테는 아무 말도 안 하면서 나한테만 맨날 성질을 부리다니…… 짜증나, 그 녀석."

"그야, 반바 씨한테 넌 아― 동생 같은 존재이니까."

"……방금 아이라고 말하려고 했지?"

린이 에노키다의 얼굴을 쨰려봤다. 누가 아이야. 반바가 훨씬 꼬맹이잖아? 속으로 푸념했다.

마르티네스가 훗 웃었다.

"뭐, 괘념치 마. 어차피 반바는 화났다는 사실도 잊고서 실실거리며 금세 돌아올 거야."

"그 녀석의 그런 면이 또 짜증난다고."

린이 콧방귀를 끼고서 일하는 겐조에게 말을 걸었다.

"이봐, 할아범. 무슨 의뢰가 들어오면 그 녀석 말고 내게 알선해줘."

반바의 일감을 모조리 빼앗아주마. 그딴 녀석은 백수나 되라지.

린이 치졸하게 앙갚음을 해주려고 하자 겐조가 어이없어하는 목소리로 응했다.

"그래, 그래. 알겠다, 알겠어."

잠시 뒤 라멘을 다 먹고서 마르티네스가 일어섰다.

"그럼 난 슬슬 돌아갈게."

"아, 나도."

에노키다도 뒤를 따랐다.

"겐 씨, 이걸로 린 것도 값을 치러줘."

마르티네스가 만 엔짜리 지폐를 꺼냈다.

"아, 내 것도."

"……넌 네 돈 주고 사먹어."

은근슬쩍 편승하려는 에노키다를 곁눈으로 흘겨보면서 마르티네스가 세 명의 음식 값을 지불했다.

"마르, 잘 먹었어. 고마워."

일행들이 한턱 내준 통 큰 덩치에게 감사를 표하자 마르티네스가 웃으며 린의 머리를 가볍게 두드렸다.

"과음하지 말라고."

두 사람이 포장마차를 떠난 뒤 린이 겐조에게 주문했다.

"할아범, 맥주 한 잔 더."

"이제 물이나 마시는 게 어떠냐?"

"싫어. 마시지 않고는 배길 수가 없어."

친아버지에게 물든 것 같은 말을 하면서 술을 따르라고 재촉했다.

겐조가 마지못해 술을 따라주자 린이 다시 푸념을 내뱉었다.

"……있잖아, 이상하지 않아? 난 그냥 청소를 해준 것뿐인데? 보통은 『고마워』하고 감사해야 하잖아? 근데 날더러 바보라고? 고마워하기는커녕 버럭버럭 화만 내고…… 아, 젠장, 떠올리기만 해도 화가 치민다."

"근데 반바가 왜 그리 화가 났을꼬?"

"내가 어떻게 알아."

무슨 사정인지도 모른 채 일방적으로 화만 냈다.

신경이 쓰였는지 겐조가 속이 타서 맥주만 훌쩍이는 린에게 물었다.

"……이봐, 린. 그거 무슨 공이었나?"

"그냥 더러운 공이었어. 자, 이거."

린이 그렇게 말하고서 주머니에 들어 있던 경구를 꺼냈다.

겐조의 눈이 동그래졌다.

"뭐야, 버린 거 아니었나?"

"버릴 생각이었어."

버리려고 쓰레기통에 던졌다. 그런데 빗나가서 공이 통 속에 들어가지 않았다. 그대로 바닥을 데굴데굴 굴러서 침대 틈새에 들어가버렸다.

버리려고 했으나 실제로는 버리지 않았다. 린이 그 사실을 알아챘을 때는 반바가 호통을 치고서 사무소를 뛰쳐나간 뒤였다. 굳이 쫓아가서 돌려줄 마음이 들지 않았다.

"그럼 돌려주지 그러냐? 그 녀석한테는 소중한 물건이겠지."

겐조는 어처구니가 없었다.

"소중한 거면 소중하다고 말하면 되잖아? 그런데 그 녀석, 말을 똑바로 하질 않아서……."

반바는 그때 무슨 말을 하려고 했다. 그러나 단념하고서 말하지 않기로 선택했다. 그것이 린의 속을 또 뒤집었다.
 "반바가 자기 얘길 거의 하지 않는 건 오늘내일 일이 아니긴 하다만."
 린이 코웃음을 핫, 쳤다.
 "무슨 비밀주의냐?"
 반바가 뭘 숨기는지는 모르겠다. 나름 자신을 신뢰한다고 자부했건만 생각을 고쳐먹는 편이 좋을 듯했다.
 겐조가 한숨을 섞으며 말했다.
 "그게 말이다. ……그 녀석한테도 여러 사정이 있다. 그 여러 사정에 네가 휘말리지 않도록 입을 다문 게야."
 "무슨 뜻이야?"
 린이 욱했다.
 "뭔데, 그 여러 사정이?"
 "그건 본인한테 물어봐라."
 겐조가 그렇게 말하고서 공을 넘겨줬다.
 "이거 갖고 가서 사과하고 오너라."
 "하아? 왜 내가 사과해야 하는데?"
 "넌 아직 어른이 안 됐구먼, 린."
 "난 어른이야. 꼬맹이는 오히려 그쪽이지."
 "남자한테는 상대를 용서할 줄 아는 도량도 필요한 법

이야."

겐조가 한쪽 눈을 찡긋 감았다.

인생의 대선배가 부드럽게 타이르자 린이 뾰로통한 얼굴로 입술을 삐죽 내밀었다.

"……그 녀석이 넙죽 엎드리며 사과하기 전까지는 절대로 용서 못해. 공도 안 돌려줄 거야."

"이거 안 되겠구먼."

겐조가 한숨을 내쉬었다.

"……지금 어딜 쏘다니고 있는 겐지, 그 남자는."

겐조가 반바를 생각하자 린이 "글쎄?" 하고 일축했다.

* * *

나카스에 소재한 【10thousand】는 올해 개업 15주년을 맞이한 노포 나이트클럽이다. 가게 안에서 격렬한 음악이 쩌렁쩌렁 울렸다. 플로어에서는 DJ가 부추기는 대로 젊은 이들이 방방 뛰듯 춤을 췄다.

그곳의 바 카운터 구석에서 반바가 지마(ZIMA)를 병째로 홀짝이고 있었다.

이 클럽에는 오랜만에 왔다. 스무 살 즈음에는 자주 다녔고, 날밤을 새는 경우도 많았다. 그러나 지금은 이미 발길이 뜸해졌다.

 한동안 오지 않은 사이에 클럽 손님층도 상당히 바뀐 듯했다. 아시아 계열에서 흑인까지 외국인 모습이 많이 보였다. 안쪽 VIP룸에는 명백히 건실하지 못한 사람이 드나들고 있었다. 남성용 화장실 안에서는 마약상이 젊은이에게 하얀 가루를 팔고 있었다.

 옛날에는 이토록 뒤숭숭하지 않았다. 반바는 지마를 기울이며 홀로 중얼거렸다.

"말세구만."

때마침 라틴 하우스 계열의 음악이 실내에 흐르기 시작했을 때였다.

"―애."

불현듯 여자 목소리가 들렸다.

"한 잔 사줄래?"

그러고 보니 젊었을 적에 이렇게 여자가 말을 걸었던 적도 많았다.

"나도 아직 죽지 않았나?"

반바가 속으로 흐뭇해했다.

어디 보자. 자신에게 말을 건 여자를 곁눈으로 보고서 반바는 눈이 휘둥그레져 "앗" 하고 놀랐다.

잘 아는 여자였다.

"사유리 씨!"

쇼트 헤어에 키가 크고, 이곳과 어울리지 않는 고상한 옷차림을 입은 그녀는 암살업계 동업자였다. 그리고 옛 연인이기도 했다.

"이런 데서 뭐해?"

해외에서 돌아왔나?

"일이야. 의뢰인이랑 만났어."

사유리가 VIP룸 쪽을 가리켰다.

"당신이야말로 별일이네?"

"오랜만에 와보고 싶어져서."

사유리도 바텐더에게 같은 것을 주문했다. 막 딴 지마병으로 건배하고서 대화를 계속했다.

"……저기, 사유리 씨. 부탁이 좀 있는데 말이야."

"뭔데?"

"오늘, 재워주지 않을래?"

반바가 제발, 하고 얼굴 앞에 두 손을 모았지만, 사유리는 매정하게 거절했다.

"싫어."

"어— 이럴 수가……."

"놀러 다니지 말고 집에나 돌아가. 나이도 먹을 만큼 먹었으니까."

그녀가 엄하게 나무라자 반바가 쓴웃음을 지었다.

"……그게, 돌아가기가 좀 난감해서 말이야."

"어머?"

사유리가 살짝 웃고서 그의 얼굴을 들여다봤다.

"혹시 그 남자애랑 다투기라도 했니?"

그녀가 간단히 알아맞히자 반바가 입을 꾹 다물었다.

"그래서 갈 데가 없어서 본인답지 않게 이런 데서 술이나 마시면서 시간을 때우고 있었구나."

"……사유리 씨는 뭐든지 잘 꿰뚫어 보는구만."

여전히 감이 날카로운 여자였다. 반바가 어깨를 들먹였다.

"그래서 왜 다퉜어?"

그녀가 묻자 반바가 자초지종을 설명했다.

사유리가 어이없어하며 한숨을 내뱉고서 말했다.

"냉큼 사과하러 가."

반바가 고개를 가로저었다.

"아니, 나도 이번에는 물러설 수 없어."

소중한 추억의 물건을 멋대로 버렸다. 자신이 먼저 쉽게 숙일 수는 없었다.

"규슈 남자는 완고해서 곤란하다니까."

사유리가 쓴웃음을 지었다.

"남자는 추억을 소중히 간직하는 생물이라고."

"언제까지고 추억에만 매달리면 더 소중한 걸 잃어버리는 거야."

그녀의 말은 언제나 가슴에 푹 박힌다.

"뭐, 그럴지도 모르지."

반바가 중얼거렸다.

"아, 맞아."

지마 병을 단숨에 들이키고서 사유리가 무언가 떠올랐다는 듯 말했다.

"한가한 것 같은데 당신한테 일이나 부탁할까?"

* * *

겐조의 포장마차를 떠난 에노키다는 마르티네스와 함께 밤이 깔린 나카스 거리를 걸었다. 【10thousand】라는 클럽이 입점한 빌딩 앞을 지나 인적이 없는 좁은 골목을 나아갔다.

에노키다가 걸으면서 마르티네스에게 물었다.

"노마파의 의뢰는 어떻게 됐어?"

고문 프로를 찾던 노마파 키시하라에게 마르티네스를 소개한 사람이 에노키다였다.

"아, 편한 일이었어."

"자세히 말해줘."

에노카다가 재촉했다. 고문사인 마르티네스는 에노키다에게 중요한 정보원 중 하나였다.

마르티네스가 입을 열었다.

"노마파 야쿠자 둘과 프리랜서 마약상이 살해된 사건이 있었나 봐. 그 범인이 노마파랑 다투던 중국인 그룹의 소행이 아닐까, 하고 키시하라가 의심했는데, 아마도 중국인은 아닌 것 같아."

"……그 사건의 범인을 알 것 같기도 한데."

"진짜?"

마르티네스가 목소리를 높였다.

"응. 분명 중국인 소행은 아냐."

"그럼 범인이 누구야?"

"살인 피에로."

"하아?"

마르티네스가 뭐라고? 하고 물었을 때였다.

"—꼼짝 마."

갑자기 뒤에서 날카로운 목소리가 들렸다.

에노키다와 마르티네스가 동시에 발을 뚝 멈췄다. 갑자기 기습을 당해서 온몸에 긴장이 흘렀다. 뒤를 홱 돌아보니 그곳에 남자가 서있었다. 총부리를 마르티네스에게 겨누고 있었다.

"손 들어."

남자가 명령했다.

처음 보는 남자의 그 말에 에노키다는 순순히 따랐다. 옆에 있는 마르티네스도 마찬가지로 손바닥을 서서히 상대에게 향했다.

어스레한 불빛 아래에서 에노키다는 눈에 힘을 주어 상대를 관찰했다. 남자의 나이는 서른 전후. 위에는 검은색 라이더 가죽재킷, 아래에는 카키색 워크 팬츠를 입었다. 옷차림만 봐서는 누구인지 모르겠다.

마르티네스에 비해서는 날씬한 편이지만, 그래도 근육질 체형이었다. 안에 받쳐 입은 회색 티셔츠가 약간 끼이는 듯 보였다. 얼굴은 단정하고 이목구비가 또렷했다. 머리는 거멓고 짧았다. 약간 곱슬기가 있는 투블럭 스타일이었다. 피부가 약간 거무스름한 것이 외국의 피가 섞인 게 확실했다. 아시아계로도, 히스패닉계로도 보이는 외모였다. 체격과 행동거지로 보아 싸움에 익숙한 듯했다. 들고 있는 권총은 오토매틱이었다.

"너—."

마르티네스가 남자의 얼굴을 보고서 눈이 동그래졌다. 놀랐는지 목소리를 높였다.

"마르 씨, 아는 사람이야?"

"……어어, 뭐."

마르티네스가 수긍하고서 쓴웃음을 지었다.

"옛날 남자야. 날 잊을 수 없어서 여기까지 쫓아왔겠지. 갸륵한 녀석이로군."

마르티네스는 게이다. 그에게 남자 연인이 있더라도 하나도 이상하지 않았다. 그러나 옛 연인이 총을 겨눈 것은 도저히 심상치 않았다. 대체 어떻게 비참하게 헤어졌던 걸까? 애당초 정말로 연인이 맞기는 한 걸까? 의문이 끊이지 않았다.

"에노키다, 넌 먼저 돌아가."

마르티네스가 말했다.

"단 둘이서만 대화를 하고 싶어."

그러고는 시선을 남자에게 돌렸다.

"이 녀석은 무관해. 돌려보내. 괜찮겠지?"

마르티네스가 에노키다가 도망칠 수 있도록 손을 써줬다. 남자도 승낙하고서 "어서 가라" 하고 턱짓을 했다. 그동안에도 남자는 마르티네스를 노려보며 총을 겨눴다. 당장에라도 방아쇠를 당길 것 같은 살기등등한 분위기였다.

"저기, 괜찮겠어?"

에노키다가 묻자 마르티네스가 웃으며 고개를 끄덕였다.

"어어, 걱정할 필요 없어."
"조심하라고."
마르티네스의 등을 툭 때리고서 에노키다가 그곳을 떠났다.

에노키다는 거처로 삼은 넷 카페로 걸어가면서 이어폰을 귓구멍에 삽입했다.
『―누가 옛날 남자야?』
언짢아하는 남자의 목소리가 들려왔다. 통신 상태는 양호했다.
헤어지면서 마르티네스의 등을 두드렸을 때 그의 옷 주머니에 도청기를 몰래 설치해뒀다. 붉은등과부거미 모양 도청발신기다. 이로써 그들이 나누는 대화를 전부 엿들을 수 있고, 현재 위치도 파악할 수 있다.
이어폰에서 들려오는 두 남자의 목소리에 에노키다는 귀를 기울였다.
『어쩔 수 없지.』
이번에는 마르티네스의 목소리가 들렸다.
『저 남자는 정보꾼이야. 호기심이 왕성해. 사실을 말하면 필시 어떻게든 끼어들려고 했을 거야.』
마르티네스의 말을 듣고 에노키다가 "날 잘 아네?" 하고 히죽거렸다.

* * *

 일이 귀찮아졌군. 마르티네스가 속으로 혀를 찼다.
 남자가 총부리를 이쪽에 겨눈 채로 워크 부츠를 신은 발로 뚜벅뚜벅 천천히 다가왔다.
 그러고는 마르티네스의 심장을 총부리로 누르고서 나직이 물었다.
 "누가 옛날 남자야?"
 마르티네스가 두 손을 든 채로 웃었다.
 "베라크루스의 호텔에서 겪었던 일을 다 잊었나? 침대 위에서 그토록 귀여워해줬잖아?"
 "온몸을 서른 군데나 긋고, 쿠바산 고급 시가로 몸을 지지는 게 네가 남을 귀여워해주는 방식인가?"
 "그때 네 울던 얼굴은 최고였지."
 마르티네스가 씨익 웃자마자 복부에 충격이 일었다.
 상대가 무릎으로 위 부근을 냅다 가격하자 마르티네스가 신음했다. 배를 부여잡으며 "젠장, 아파 죽겠네" 하고 남자의 얼굴을 노려봤다. 하마터면 아까 먹었던 라멘을 토할 뻔했다.

상대도 마르티네스를 노려봤다.

"징그러운 소리를 지껄이다니. 누가 옛날 남자야. 역겨워 죽겠군."

아까 그 발언이 어지간히도 마음에 들지 않았나 보다. 상대가 발끈했다. 이번에는 마르티네스의 이마에 권총을 들이댔다.

정말로 귀찮게 됐다. 제발 진정 좀 해라, 하고 생각하면서 마르티네스는 변명했다.

"어쩔 수 없지. 저 남자는 정보꾼이야. 호기심이 왕성해. 사실을 말하면 필시 어떻게든 끼어들려고 했을 거야. ……그래도 되나?"

마르티네스가 묻자 상대가 침묵했다.

"누가 끼어들면 난처하잖아, 리처드. ……아아, 본명은 『리카르도』였던가?"

과거에 억지로 캐냈던 이름을 부르자 리카르도가 떨떠름한 얼굴로 정정했다.

"지금은 무라카미다."

그가 가명을 쓰고 있다는 건 또 어느 조직에 잠입하여 활동하는 중이라는 뜻이겠지.

"지금도 여전히 언더커버를 하고 있군. 목숨이 몇 개나 있더라도 부족하겠어."

"그건 내가 할 말이다. 알렉스."
"지금은 호세 마르티네스야."

마르티네스도 정정했다. 눈을 가늘게 뜨고서 한 마디 덧붙였다.

"페페라고 불러줘도 되고."

『페페』는 호세라는 이름에 자주 쓰이는 애칭이었다. 리카르도가 "누가 불러준대?" 하고 내뱉었다.

"그나저나 오랜만이군. 리코. 9년 만인가?"

마르티네스가 일부러 밝은 목소리로 말을 걸었다.

"처음에는 알아보질 못했어. 옛날에는 체 게바라 같은 얼굴이었는데 말쑥해졌군."

당시에 리카르도는 수염을 길렀고, 펌을 한 것처럼 곱슬한 장발이었다. 카르텔 마약상을 완벽히 연기하기 위해 일부러 꾀죄죄하게 꾸몄겠지.

"네놈이야말로 상당히 바뀌었는데? 그 팔에 새겨진 타투가 없었다면 눈치채지 못했을 거다."

리카르도가 이쪽을 보고서 콧방귀를 꼈다.

"옛날에는 덥수룩했는데 벌써부터 탈모라니 가엾게 됐다."
"민머리야. 무례한 녀석이로구만."

외모가 바뀐 것은 마르티네스도 마찬가지였다. 머리카락과 수염 모두 완전히 밀어서 인상을 바꿨다. 새로운 인간으로 탈바꿈했다는 것을 옛 동료들에게 들키지 않도록.

그러나 그 동료 중 하나인 리카르도가 지금 이렇게 눈앞에 서 있었다. 이건 난처한 상황이었다.

"―그래서? 내게 무슨 용건이지?"

대강 짐작이 가긴 했지만, 마르티네스가 시치미를 떼고서 물었다.

"네놈한테 여러모로 묻고 싶은 게 있어."

리카르도가 계속 노려보면서 대답했다.

그렇겠지. 마르티네스는 고개를 끄덕였다.

"그래? 오래 걸릴 것 같군. 장소를 옮기자고."

"……그래, 그러지."

리카르도도 순순히 수긍했다. 이거 원만하게 끝날지도 모르겠다고 마르티네스는 기대했으나 어설픈 예측이었다. 이내 머리에 충격이 일었다. 리카르도가 마르티네스를 가격했다.

마르티네스가 신음하며 그 자리에 쓰러졌다. 머리가 지독하게 아팠다. 아마도 총으로 관자놀이를 강하게 때렸겠지. 정신줄을 부여잡기 위해 이를 꽉 악물었지만, 멀어져 가는 의식을 거역할 수 없었다.

3회 초

"……아— 머리 아파."

아무리 숙취에 시달리더라도 일은 완벽히 수행해야만 한다. 그것이 프로다. 욱신거리는 머리를 누르면서 린은 걸어서 나카스로 향했다.

겐조에게 일거리를 자신에게 알선해달라고 부탁해뒀다. 그가 곧바로 넘겨준 일거리의 의뢰인은 중국계 범죄조직인 듯했다. 재일 중국인과 그 2세 및 3세로 구성된 조직으로 마약 밀매로 돈을 벌어들인다고 했다. 옛날부터 존재했던 아편 계열 마약부터 어둠의 조직이 개발한 신종 약물까지 폭넓게 취급한다고 했다.

내키지 않는 일감이었지만 탐정 사무소에서 무료하게

시간을 보내는 것보다는 나았다.

나카스 한편의 볕이 잘 들지 않는 도로에 오래된 테넌트 빌딩이 있었다. 1층에는 중국요리점이 있는데, 의뢰인이 그 위층에 입점한 마작방으로 린을 불렀다.

그룹 멤버들이 안쪽에 있는 마작 탁자를 에워싸듯 모여 있었다. 모두 러프한 옷차림이었다. 담배를 피우는 사람이 있는가 하면, 캔 맥주를 홀짝이는 사람도 있었다. 얼핏 마작을 좋아하는 사람들의 모임처럼 보였지만, 마작방 자체는 진즉에 폐업했는지 다른 손님은 없었다.

린이 나타나자 의자에 앉아 있던 눈매가 가느다란 남자가 입을 열었다.

"너, 린시안밍이냐?"

"어어. 맞는데."

린이 고개를 끄덕였다.

"실력 좋은 킬러라고 들었다."

약간 중국어 발음이 섞인 일본어였다. 린이 "뭐, 그렇지" 하고 대답했다.

"앉아."

남자가 빈 의자에 앉으라고 권했으나 린은 마작 탁자 위에 걸터앉았다.

"……아— 머리 깨지겠네."

린이 관자놀이를 누르면서 얼굴을 찡그리며 물었다.

"이봐, 약 좀 갖고 있어?"

"약?"

중국인들이 모두 고개를 갸웃거렸다.

"헤로인? 아니면 코카인?"

"아니, 그런 약 말고. 진통제 같은 거 말이야."

"모르핀 말이냐?"

"아니, 두통에 잘 듣는 녀석 말이야."

"이걸 주지."

중국인 하나가 2센티미터쯤 되는 용기를 건넸다. 안에 투명한 액체가 담겨 있었다.

"수왕(獸王)이라는 조직이 전쟁터에 나간 병사용으로 개발한 모르핀 신약이야. 보통 것보다 즉효성이 강해. 마시면 금세 통증이 사라져."

역시나 고작 숙취 때문에 모르핀을 먹을 수는 없었다.

"……감사."

린이 약을 받긴 했지만, 주머니에 넣었다.

일단 이 녀석들이 다양한 약물을 취급하고 있다는 건 잘 알겠다.

"—그래서 누굴 죽이면 돼?"

두통이 가시지 않은 상태에서 린이 본론으로 들어갔다.

"노마파."

남자 하나가 대답했다.

"노마파?"

"후쿠오카의 재패니즈 마피아."

노마파의 이름이 나오자마자 녀석들의 낯빛이 바뀌었다.

"그 녀석들이 우리 동료한테 고통을 줬어."

"용서 못해!"

"쳐죽여주마!"

저마다 분노하며 아우성을 쳤다.

"……큰소리로 떠들면 머리에 울리잖아."

린이 이마를 누르며 중얼거렸다.

"그래서? 그 노마파 녀석을 몽땅 쳐죽이면 되냐?"

"아니."

남자가 고개를 가로저었다.

"우리 동료— 저우(周)가 노마파에 납치됐다. 데리고 와라."

그러고는 동료 중 하나를 쳐다보며 말했다.

"저 남자가 장소를 안내할 거다."

그들의 말에 따르면 저우라는 남자는 오야후코도오리에 소재한 음악 스튜디오에 감금되어 있다고 했다. 저우와 함께 있던 동료가 노마파 야쿠자를 미행하여 장소를 알아냈다고 했다. 안내역을 맡은 중국인이 운전하는 차를 타고서 린은 바로 목적지로 향했다.

오야후코도리에서 좁은 골목으로 들어가 한동안 나아갔다.

"저기야."

안내인이 그렇게 말하고서 도롯가에 차를 세웠다.

"저 빌딩 4층에 저우가 끌려갔어."

"4층이라는 말이지? 알겠어. 여기서 기다려."

린이 조수석에서 내렸다.

"나도 간다."

그러나 안내인이 뒤를 따랐다. 동료가 걱정되는가 보다. 린이 노마파와 맞닥뜨려도 책임 안 진다고 충고했으나 마음대로 하도록 내버려뒀다.

린과 중국인이 비상계단을 타고 4층으로 올라갔다. 문틈새로 내부 상황을 엿봤다. 통로 끝에 그 스튜디오의 문이 보였다.

잠시 뒤…….

"……누가 나왔다."

문이 열리더니 안에서 두 남자가 나타났다. 노마파 조직원이겠지. 문을 잠근 뒤 떠나려고 했다.

"내가 신호할 때까지 여기 숨어 있어."

린이 안내인에게 명령하고서 통로로 뛰쳐나갔다.

야쿠자라고는 해도 상대는 고작 둘이었다. 린은 정면에서 공격하기로 했다.

"이상하네……. 분명 이 빌딩이라고 들었는데……."

길을 헤매는 여자인 척 연기하면서 야쿠자 2인조에게 접근했다.

린이 느닷없이 나타나자 야쿠자들이 순간 경계하듯 살폈다.

"―아, 죄송해요. 잠깐 괜찮을까요?"

린이 웃으며 말을 걸자 민간인이라고 여겼는지 두 사람이 경계를 풀었다.

"이 가게를 찾고 있는데."

린이 그렇게 말하면서 핸드폰을 내밀자 야쿠자가 몸을 숙여 화면을 들여다봤다.

린은 그 남자의 뒤통수를 잡고서 무릎으로 냅다 찍었다.

남자가 머리를 부여잡으며 제자리에 무릎을 털썩 꿇었다. 린이 고통에 겨워하는 남자의 얼굴에 가차 없이 돌려차기를 먹이자 머리를 벽에 세게 찧고서 그대로 바닥에 쓰러졌다.

이로써 하나는 처리했다. 남은 사람은 하나.

린은 이미 나머지 야쿠자와 대치하고 있었다. 허를 찔려 당황한 남자의 품속에 재빨리 파고들어 주먹으로 명치를 쳐올렸다. 그 남자도 작게 신음하고서 이미 뻗어버린 동료의 몸 위에 포개지듯 쓰러졌다.

린은 기절시킨 두 사람의 품속을 뒤졌다.

"열쇠가…… 아, 있다, 있어."

린이 방 열쇠를 빼앗았다.

"이리 와."

그러고는 안내인에게 손짓했다.

문을 열고 둘이서 안에 들어갔다.

한산한 스튜디오 가운데에 남자가 쓰러져 있었다.

"—저우!"

그 모습을 본 안내인의 눈이 휘둥그레졌다. 남자의 이름을 외치고는 황급히 달려갔다.

"저우! 정신 차려! 저우!"

"……틀렸어."

남자의 목에 손을 대어 맥박을 확인하고서 린이 중얼거렸다.

"죽었어."

아직 따뜻했다. 방금 전에 살해됐겠지. 한발 늦었나.

시체의 모습이 끔찍했다. 흠씬 두들겨 맞은 듯했다. 얼굴은 크게 부었고, 온몸이 멍투성이였다.

린은 불현듯 떠올랐다. 그러고 보니 마르티네스가 중국인을 고문했다고 말했다. 설마? 하고 고개를 가로저었다. 이번 건과는 관련이 없겠지.

쓰러져 있는 저우의 배 위에 종이 한 장이 나이프에 꽂혀 있었다. 종이에는 『너희 나라로 돌아가, 썩을 중국인』이라고 휘갈겨져 있었다.

도발적인 문구였다. 그룹 멤버가 이곳에 오리라는 것을 노마파가 예측했겠지.

"이봐."

린은 동료의 시체에 매달려 슬퍼하는 안내인에게 날카로운 목소리로 말을 걸었다.

"오래 머무를 데가 아냐. 서두르자."

* * *

"―키시하라 씨."

노마파의 키시하라가 자주 가는 고급클럽에서 술을 홀짝이고 있으니 측근이 다가와 말을 걸었다.

온통 미인뿐인 여러 호스티스와 즐거운 시간을 보내다가 방해를 받아서 키시하라는 이맛살을 찌푸렸다. 의자 등받이에 몸을 기대며 물었다.

"뭐야?"

부하가 살며시 귓속말을 했다.

"스튜디오에 놔뒀던 중국인 시체 말입니다만."

"……술맛이 떨어지니 그 얘긴 하지 마."

부하가 아랑곳하지 않고 보고를 계속했다.

"시체가 사라졌습니다. 아마도 동료가 구하러 왔던 것 같습니다."

노렸던 대로였다.

"역시 왔나. 예상보다 빨리 왔군."

"그때 맞닥뜨렸던 우리 조직원 둘이 부상을 입었습니다. 목숨에 별 지장은 없다고 합니다만."

"그거 다행이군."

"다행이 아닙니다. 솜씨로 보아 아마 그쪽 프로인 것 같습니다. 무슨 수를 써야 하지 않을까요?"

그 고문사의 이야기에 따르면 저우라는 중국인이 『기필코 보복하겠다』고 말했단다. 『킬러를 고용해서 노마파를 몽땅 쳐죽여주마』 하고. 동료 의식이 강한 녀석들이었다. 비참하게 살해된 저우의 유해를 보고서 지금쯤 중국인 놈들도 광분했겠지. 동료를 잃고서 정신이 돌아버린 그들이 킬러를 고용하여 노마파를 기습할 것이 불 보듯 뻔했다.

"걱정 마라. 이미 손을 써뒀다."

키시하라가 히죽 웃었다.

"나도 킬러를 고용했어."

* * *

그 후에 울부짖은 안내인과 함께 린은 남자의 유해를 차까지 옮긴 뒤 중국인들의 아지트로 돌아왔다.

비닐 시트에 덮인 저우를 마작방에 옮긴 뒤 탁자 위에 눕혔다. 중국인 멤버들이 에워쌌다.

동료가 아무 말 없이 귀환하자 멤버들이 의기소침해졌다. 동시에 격렬하게 분노했다.

"키시하라가, 부하를 시켜 죽였어."

"노마파 놈들, 절대로 용서 못해."

"키시하라를 죽여버려."

"이번에는 우리가 키시하라를 유괴한다."

"맞아, 그게 좋겠다."

"그러자."

린은 그저 침묵하며 마작방 구석에서 그들의 모습을 바라봤다. 아마도 보복하기로 의견이 모아진 듯했다.

"키시하라를 납치한다. 너도 거들어."

리더로 추정되는 남자가 린에게 말했다.

"딱히 상관없어. 보수만 지불해준다면 말이야."

린이 수긍했다. 그러고는 그들에게 물었다.

"그래서 그 키시하라 녀석을 어떻게 납치할 건데?"

"차로 이동할 때를 노린다."

한 사람이 대답했다.

"놈의 자택을 감시하자."

다른 남자가 뒤를 이었다.

"그게 더 쉬워."

"―그래서 키시하라의 자택 위치는?"

린이 질문하자 중국인들 모두 입을 다물었다.

아무도 적의 거처를 모르는 눈치였다. 그래서 어떻게 키시하라를 습격하겠다는 생각인지 모르겠다. 입만 살았군. 린은 그렇게 생각하며 한숨을 내쉬었다. 손이 많이 가는 녀석들이었다.

"내가 조사해줄 테니까 보수를 더 올려줘."

린은 그렇게 말하고서 곧바로 전화를 걸었다. 상대는 친한 정보꾼이었다.

"……아, 여보세요? 에노키다?"

『여어, 반바 씨랑 화해는 했어?』

에노키다가 물었다.

그러고 보니 그 녀석을 깜빡 잊었다.

그러나 지금은 아무렇든 상관없었다. 린이 툭 내뱉듯 말했다.

"그럴 때가 아냐. 일이 먼저야. 노마파 키시하라의 자택 위치를 급히 알아봐줘."

3회 말

 알레한드로 로드리게스는 아직 열여섯밖에 되지 않았을 때 베라크루스 카르텔의 보스인 라미로 산체스와 만났다.

 형제가 많고 가난한 가정에서 자란 알레한드로 소년은 도미니카 공화국의 수도인 산토도밍고에 소재한 메이저 아카데미의 입단 테스트에 합격했다. 장차 메이저 리거가 될 새싹으로서 매일 야구에 몰두했다. MBL 플레이어가 돼서 가족을 부양하는 것이 알레한드로의 꿈이었다. 도미니카의 야구소년 대부분이 똑같은 아메리칸 드림을 품었다.
 그러나 알레한드로의 꿈은 금세 무너졌다. 아카데미 안에서 그는 수많은 괴물들과 만났다. 자신과는 비교조차 안

되는 뛰어난 재능. 아무리 노력해도 도저히 쫓아갈 수 없는 센스. 이런 녀석들과 경쟁할 수 있을 리가 없었다. 메이저 구단이 자신 같은 평범한 사람에게 말을 걸어줄 리가 없었다. 메이저는커녕 3A조차 힘겹겠지.

현실을 깨달은 알레한드로는 이내 아카데미를 관뒀다. 그로부터 신세가 땅바닥으로 굴러떨어지는 것은 한순간이었다. 그는 반년도 채 되지 않아 산토도밍고의 뒷골목에 득실거리는 일개 갱으로 전락했다. 배트를 휘두르기 위해 단련했던 팔로 타인에게 폭력을 휘둘렀다. 베이스와 베이스 사이를 달리기 위해 단련했던 다리로 경찰의 추적을 따돌렸다. 그리고 야구로 번 돈이 아니라, 길 위에서 관광객의 금품을 빼앗아서 가난한 가족에게 생활비를 보냈다.

그런 황폐한 나날을 보내던 어느 날이었다. 갱 동료 중 하나가 돈 버는 수단을 알려줬다. 교섭을 벌이기 위해 산토도밍고를 방문한 멕시코 마약 카르텔의 보스가 조직원을 모집한다고 했다.

알레한드로는 이 이야기를 덥석 물었다. 멕시코 카르텔이라고 하면 합중국이라는 고객을 상대로 달러를 마구 벌어들이는 패거리였다. 자신도 카르텔에 고용되면 지금보다 더 잘 살 수 있을지도 모른다고 생각했다.

카르텔이 지정한 장소는 산토도밍고에서도 치안이 나쁜 지역에 소재한 폐공장이었다. 알레한드로가 찾았을 때 그곳에는 자신 같은 젊은 갱이 이미 십여 명쯤 모여 있었다. 마약 비즈니스에 몸을 의탁하고자 카르텔의 구인 모집에 응모한 불량한 인간들뿐이었다.

잠시 뒤 돈 라미로 산체스가 수많은 부하를 대동하고서 나타났다. 몸집은 작지만, 역시 카르텔 보스답게 관록이 느껴지는 남자였다. 하얀 슈트와 요상한 무늬의 셔츠를 입었다. 머리에는 하얀 텐갤런 해트를 썼다. 오른팔에 찬 금색 손목시계와 목에 두른 금색 목걸이가 요사스럽게 빛났다. 짙은 선글라스로 눈을 가린 채 콧수염이 덥수룩한 입으로 시가를 피우는 모습은 그야말로 밀매상의 두목다웠다.

『우린 인력이 부족해서 언제나 우수한 인재를 찾고 있다. 너희들도 우리와 꼭 함께 일해줬으면 좋겠군.』

돈 라미로가 말하자 젊은 갱들의 눈동자가 반짝거렸다.

『허나 그 전에.』

그가 덧붙였다.

『너희들이 우리 조직에서 일할 만한 인재인지 가늠해보는 테스트를 하마.』

AK-47— cuerno de chibo라 불리는 어썰트 라이플을 든 부하들에게 돈 라미로가 신호를 보냈다. 그 명령대로 S

<small>산양의 뿔</small>

자 타투를 팔에 새긴 부하가 한 남자를 데려왔다.

마치 포로 같은, 몰골이 처참한 남자였다. 여러 차례 얻어맞았는지 오른 눈이 부어 있었다. 앞니가 빠졌고 온 얼굴이 피투성이였다.

그 남자를 힐끗 보고서 라미로가 말했다.

『저 녀석은 조직의 배신자다. 경찰한테 동료를 팔아넘긴 두꺼비[#1] 같은 놈이다.』

그러고는 알레한드로를 비롯한 젊은이들에게 명령했다.

『차례대로 이놈을 패라. 부위는 어디든 좋다. 머리든 몸이든 상관없어. 몇 번이든 좋다. 다만 봐주지는 마라.』

라미로가 언급했던 테스트는 저 남자를 폭행하는 것이었다.

곧바로 테스트가 시작됐다. 시키는 대로 일렬로 선 젊은이들이 차례대로 한 명씩 남자를 두들겨 팼다. 라미로는 그 광경을 즐겁게 바라봤다.

그 남자는 이미 엉망진창이었다. 숨도 거의 끊어져갔다. 알레한드로는 저 비참한 모습을 차마 볼 수가 없었다.

『―다음 너.』

알레한드로의 차례가 돌아왔다.

남자와 눈을 마주쳤다. 그만, 살려줘. 그렇게 필사적으

[#1] **두꺼비** 일본어로 갈아 치운다와 두꺼비는 발음이 같다.

로 애원했다. 매달리는 것 같은 시선이 꽂혔다.

이대로 계속 때린다면 이 남자는 이윽고 죽을지도 모른다. 운 좋게 살아남더라도 마약 갱들의 잔혹한 보복이 기다리고 있겠지.

가엾다고 생각했다. 가엾은 저 남자를 알레한드로는 동정했다.

어서 편하게 해주자는 생각으로 알레한드로는 움직였다. 근처에 있던 라미로의 부하에게 다가가 허리에 채워져 있던 권총을 빼앗았다.

—이 지옥에서 해방시켜주마.

알레한드로가 방아쇠를 당겨 남자의 미간을 꿰뚫었다.

총성이 울려 퍼지자 순식간에 이곳의 공기가 얼어붙었다.

남자가 즉사했다. 괴로워할 새도 없이 죽었다.

알레한드로가 사람을 죽인 것은 이번이 처음이었다. 그러나 신기하게도 죄책감은 없었다. 오히려 왠지 좋은 일을 한 것 같은 기분조차 들었다. 자신이 저 남자의 영혼을 구했다. 분명 신께서도 용서해주시겠지.

그러나 카르텔 패거리까지 용서해줄는지는 모르겠다. 라미로의 부하들이 알레한드로를 에워쌌다. 그러고는 일제히 라이플을 겨눴다. 십여 정의 AK-47이 알레한드로의 몸을 노렸다. 라미로가 방아쇠를 당기라고 명령하기를 기다렸다.

『……난 「golpéalo(때려)」라고만 했다. 「mátalo(죽여)」라고 하지 않았어.』

돈 라미로가 입을 열었다. 차분한 목소리로 알레한드로를 추궁했다.

『왜 쐈나?』

알레한드로가 돈 라미로의 명령을 어겼다. 잘 해명하지 못한다면 그는 지금 이 자리에서 총알 세례를 받고서 온몸에 구멍이 숭숭 뚫리겠지. 순식간에 처형될 것이다.

그러나 이 기회를 잘 이용한다면 반대로 라미로의 눈에 들 수 있을지도 모른다.

이것은 도박이었다.

『내 사격 실력을 봐줬으면 해서.』

알레한드로가 웃어보였다. 베라크루스의 마약왕 앞에서 허세를 떨었다. 그러나 속으로는 공포에 질려 오줌을 지릴 것만 같았다.

『이봐, 세뇨르 산체스. 언제까지 이런 장난을 계속할 작정이야?』

알레한드로가 말하자 돈 라미로는 인상을 찌푸렸다.

『……뭐라고?』

『당신의 카르텔은 복싱을 잘하는 꼬맹이를 모집하나?』

알레한드로가 질문을 던졌다.

『아니지?』

너희 카르텔이 원하는 인간은 살인이든 뭐든 주저 없이 실행할 수 있는, 냉혹하고 우수한 인재다. 이봐, 돈 라미로, 내 말 맞지? —알레한드로가 라미로를 똑바로 쳐다보면서 당찬 시선으로 호소했다.

돈 라미로는 값어치를 매기듯 알레한드로를 응시했다. 고작 몇 초뿐인 침묵이 몹시도 길게 느껴졌다.

다행히도 베라크루스의 마약왕은 분별력이 있는 남자였다. 그가 씨익 웃고서 수긍했다.

『……그래, 확실히 네 말이 맞군.』

긴박한 공기가 풍기는 와중에 돈 라미로의 웃음만이 울려 퍼졌다.

『재미난 꼬맹이다. 마음에 들었어!』

그가 한바탕 웃고서 알레한드로가 사살한 시체 옆에서 몸을 숙여 그 얼굴을 들여다봤다. 미간을 꿰뚫은 탄환의 흔적을 만족스럽게 쳐다보며 말했다.

『겨냥도 정확해. 사격 실력도 나쁘지 않아. 무엇보다 배짱이 아주 두둑해. 이 녀석, 제법 써먹을 만하겠군.』

라미로가 소년을 쳐다보며 물었다.

『너, 이름은?』

알레한드로가 이름을 댔다.

『알레한드로 로드리게스.』

『따라와, 알렉스. 오늘부터 너도 내 동료다.』
^{파밀리아}

라미로가 새로운 시가에 불을 붙이면서 발길을 돌렸다.

그리하여 라미로 산체스의 부하가 된 알레한드로— 알렉스는 그날부터 돈 라미로의 오른팔로서 수많은 인간을 처치했다. 그는 베라크루스의 처형인이라는 별명과 함께 공포의 존재로서 자리매김하는데—.

* * *

—긴 꿈을 꾼 것 같은 기분이었다.

무거운 눈꺼풀을 억지로 열면서 마르티네스가 깨어났다.

"깼나?"

근처에서 목소리가 들렸다.

흐릿하고 뿌연 시야에 파이프 의자에 앉아 있는 리카르도의 모습이 비쳤다.

"……여긴 어디야?"

마르티네스가 이리저리 둘러보면서 물었다.

어느 아파트인 듯했다. 그러나 의자 말고는 아무것도 없었다. 살풍경한 방이었다.

"DEA의 은신처 중 한곳이야."

리카르도가 퉁명스럽게 대답했다.

"기분이 어떠냐?"

"……최악이야."

머리가 지끈거렸다. 기절시키고서 몇 시간이나 재운 듯했다.

"아— 빌어먹을. 빙글빙글 돈다. 다짜고짜 사람을 패다니. 머리는 때리지 마라. 지켜주는 게 없어서 아프다고."

"벌써부터 대머리가 됐으니까."

"민머리라고 했지?"

지독한 두통과 무례한 발언에 마르티네스는 인상을 찡그렸다.

"꼬락서니 한번 보기 좋군, 알렉스."

"그 이름으로 부르지 마라."

언젠가 과거가 앞을 가로막을 날이 오리라 생각했는데, 의외로 빨리 왔다. 리카르도와 9년 만에 재회한 순간부터 마르티네스는 최악의 사태가 닥쳐오리라 각오했다.

—체포되거나 살해되거나.

아마도 지금은 아직 살려둔 듯했다. 그러나 자유롭게 거동할 수 없는 상태였다. 팔을 뒤로 돌려 수갑을 채운 뒤 의자에 앉혀 놨다. 두 다리도 의자에 묶여 있었다.
"이봐, 이렇게까지 할 필요가 있어?"
"달아나면 곤란하거든."
"도망치지도 숨지도 않아."
마르티네스가 코웃음을 쳤다.
"수갑, 풀어줘."
"안 돼."
리카르도가 딱 잘라 거절하고서 일어났다. 그러고는 서서히 다가왔다.
"몇 가지 질문이 있어."
그가 마르티네스 앞에 서서 명령했다.
"솔직히 대답해라."
"좋아. 뭐든지 물어봐. 스리 사이즈 같은 것도 좋고."
"쓸데없이 입 놀리지 마. 혀에 구멍을 내주겠다."
리카르도가 권총을 슬쩍 보여주듯 만지면서 심문을 시작했다.
"지금 뭘 하고 있나? 직업은?"
"물리치료사야. 민간인이 다 됐지."
"거짓말 마."
리카르도가 툭 내뱉었다.
"민간인이 어째서 노마파 조직원과 만났나?"

"만난 적 없어."

"오야후코에 소재한 스튜디오에서 만났잖아."

"글쎄다?"

마르티네스가 고개를 갸웃거리자마자 리카르도가 주먹을 날렸다.

오른뺨을 냅다 때리자 마르티네스가 의자와 함께 쓰러질 뻔했다. 한쪽 다리로 간신히 지탱하고서 험악하게 외쳤다.

"아프다고! 뭐하는 짓이야!"

"얻어맞을 때가 행복할 거다. 이 빌어먹을 호모 자식."

입안이 찢어진 듯했다. 쇠 맛이 났다. 피가 섞인 침을 내뱉고서 마르티네스가 응했다.

"……오케이. 솔직히 말할게."

"처음부터 그럴 것이지. 멍청한 놈."

리카르도가 욕설을 내뱉었다. 여전히 입이 험한 남자다.

"지금은 고문 청부업을 하고 있어."

마르티네스가 그렇게 말했다.

"고문이라고?"

리카르도가 코웃음을 쳤다.

"빌어먹을 사디스트 자식한테 잘 어울리는 일이군."

"난 딱히 사디스트가 아냐."

마르티네스가 어깨를 들먹였다.

"사디스트 같은 마음가짐으로는 프로 고문사로 활동할 수 없다고. 고상하고 예술적이고 섬세한 직업이야. 상냥한 신사가 할 법한 직업이지."

"네 놈의 고문 강의를 듣고 있을 시간은 없어. 얼른 계속 말해. 노마파의 키시하라가 일을 부탁했잖나?"

"……어, 그래."

거짓말을 했다가는 무슨 짓을 당할지 알 수 없었다. 노마파에게는 미안하지만, 솔직히 대답하기로 했다.^{의뢰인}

"남자한테 고통을 가해서 정보를 캐내라고 시켰어."

"그 남자가 누구야?"

마르티네스가 물음에 대답했다.

"마약 조직의 중국인이었다."

4회 초

"—너희들, 알겠냐?"
린이 중국인들에게 재차 확인했다.
"계획은 머릿속에 잘 담아뒀겠지?"
그곳에 있는 네 남자가 동시에 끄덕였다.
린을 포함한 다섯 명 전원이 어둠에 녹아들듯 칠흑 같은 가죽 슈트를 입었다. 지금부터 그들은 노마파 간부인 키시하라를 유괴하려는 참이었다.
계획은 다음과 같다.
에노키다가 조사하여 키시하라의 자택이 아카사카에 있다는 사실을 알아냈다. 또한 키시하라는 심야에 피트니스 센터에서 땀을 흘리는 것이 일과라고 했다. 린과 중국인 일당은 키시하라가 24시간 영업하는 센터로 나가려는 순간을 노리기로 했다.

2인승 오토바이 두 대와 8인승 밴 한 대를 준비했다. 린을 비롯한 네 명이 오토바이를 타고, 하나가 차량을 운전했다.

우선 오토바이 한 대가 키시하라를 태운 차량 앞으로 뛰어들어 발을 붙들어둔다. 그 사이에 운전사를 사살한다.

어둠에 숨어 나머지 오토바이도 접근한다. 린은 그 오토바이의 뒷좌석에 탈 예정이다. 그렇게 뒤에서 달아나지 못하도록 차량 뒤쪽을 틀어막는다. 창문을 쇠지렛대로 깬 뒤 오토바이 차체를 방패삼아 키시하라와 수행원들에게 권총을 겨누고서 저항하지 못하도록 위협한다. 린은 재빨리 오토바이에서 내려 상대가 꼼짝도 못하도록 차량 타이어를 터뜨린다. 그러고는 동승한 측근을 처치하는 것도 린의 역할이다.

밴은 현장 근처에 대기시켜둔다. 키시하라를 붙잡아 차량에 태운 뒤 모두 재빨리 도주한다. ─그러면 계획은 완료된다.

오전 2시. 키시하라의 자택 맨션 앞에 검은색 고급차가 멈췄다. 차창이 선팅돼서 내부를 엿볼 수 없었다. 그러나 차량 크기로 보아 기껏해야 다섯 명밖에 타지 못하겠지.

몇 분 뒤 운동복을 착용한 키사하라가 나타나 뒷좌석에 탔다.

차량이 발진하려는 순간······.

"─작전 개시, 가자."

풀페이스 헬멧을 쓰면서 린이 말했다.

린이 신호를 보내자 멤버들이 일제히 움직이기 시작했다. 오토바이 두 대가 키시하라의 차량을 쫓아갔다.

차량이 좁은 골목에 들어서자 첫 번째 오토바이가 추월하여 앞길을 가로막듯 정지했다. 경적이 여러 번 울렸다. 오토바이에 탄 남자가 권총을 꺼내 앞유리를 향해 발포했다. 그 차량이 방탄차가 아님은 사전에 조사해뒀다. 탄환이 머리에 명중하자 운전사가 숨을 거뒀다. 황급히 뛰쳐나온 키시하라의 부하도 반격할 새도 없이 탄환을 맞고서 배를 부여잡으며 고꾸라졌다.

린이 탄 오토바이도 차량 뒤쪽에 딱 달라붙듯 정지했다. 린은 뒷좌석에서 뛰어내린 뒤 물 흐르듯 나이프로 차량 타이어를 찔렀다.

여기까지는 계획대로였다.

그런데 그 순간─.

"우아아, 커헉."

갑자기 중국인의 비명이 들려왔다. 린이 탔던 오토바이

를 운전했던 남자의 목소리였다.

린이 화들짝 놀라 돌아보니 시야에 웬 실루엣이 뛰어들었다. 어둠 속에서 검은 옷을 입은 남자가 이리저리 돌아다녔다. 키가 크고 기다란 무기를 들고 있었다. —일본도였다.

그 남자는 우선 한 중국인의 팔을 찌른 뒤 칼집으로 권총을 쳐서 떨어뜨렸다. 뒤이어 다른 바이크에 타고 있던 2인조를 향해 돌진했다. 중국인들이 자기 쪽으로 닥쳐오는 검은 실루엣을 향해서 부랴부랴 발포했으나 모조리 빗나가고 말았다.

간격에 들어온 순간, 남자가 일본도를 휘둘러 두 사람을 베어버렸다.

중국인들 모두가 그 자리에 쓰러졌다. 남은 사람은 린 한 사람뿐이었다. 린은 재빨리 애용하는 무기인 중국식 나이프 피스톨을 들고서 정체불명의 남자를 응시했다.

상대가 린의 존재를 알아채고서 대담하게 달려들었다. 린은 즉각 나이프 칼날로 공격을 막아냈다. 날끼리 부딪치면서 날카로운 소리가 깡, 울렸다.

상대의 숨소리가 들릴 만한 지근거리— 그 위치까지 다가가서야 비로소 적의 얼굴이 보였다.

헬멧 틈새로 새어든 광경을 보고 린은 흠칫 놀랐다.

그 남자는 탈을 착용했다.

―붉은 니와카 탈이었다.

"……바, 반바?"

린의 목소리를 듣고서 상대가 뚝 멈췄다.

―어째서 반바가 여기에? 노마파에 의뢰를 받았나?

의문이 머릿속을 스쳤다. 쓸데없는 생각에 정신이 팔려서 상대의 공격에 대비하지 못했다. 반바의 발차기가 날아들었다. 복부에 충격이 엄습하더니 몸이 세차게 튕겨졌다. 린은 콘크리트 벽에 세차게 부딪치고서 땅바닥을 굴렀다.

그 틈에 반바가 린과 중국인이 탔던 오토바이를 훔쳐 뒤에 키시하라를 태우고서 바람처럼 달려가버렸다.

린이 어처구니없는 표정으로 그 뒷모습을 쳐다봤다.

"……저 녀석, 오토바이도 탈 줄 알아?"

함께 살면서도 모르는 것투성이였다.

시답잖은 말을 중얼거릴 때가 아니었다. 주변을 둘러봤다. 처참하게 쓰러져 있는 중국인들을 보고 린은 혀를 찼다.

―계획이 실패했다.

* * *

나카스에 소재한 나이트클럽【10thousond】에서 사유리는 반바에게 어느 일을 대신 처리해달라고 부탁했다. 노마파라는 폭력단에서 실력이 뛰어난 킬러를 구한다면서 사유리 앞으로 일감이 떨어졌다. 그러나 공교롭게도 의뢰 내용이 그녀가 특기로 삼은 분야가 아니었다.

사유리는 때마침 한가한 반바에게 그 일을 떠밀었다. 그는 그녀에게 여러모로 빚이 많아서 거절할 수가 없었다.

반바는 사유리를 대신하여 노마파의 간부인 키시하라와 만나서 호위해달라는 의뢰를 받았다. 키시하라의 목숨을 노리는 패거리를 되받아쳐달라는 내용이었다. 암흑가 조직에 고용된 킬러는 꼭 청부살인만 하지 않는다. 용병 같은 일도 자주 한다.

그날 밤 반바는 키시하라와 동행하자마자 바로 기습을 받았다. 오토바이를 탄 여러 남자들이 키시하라의 목숨을 노렸다. 설마 그 괴한들 속에 반바가 잘 아는 인물이 섞여 있을 줄은 생각지도 못했다.

오토바이를 훔쳐 뒷좌석에 키시하라를 태운 뒤 도주했다. 반바는 노마파 사무소까지 의뢰인을 데려왔다. 키시하라도 역시나 피트니스 센터에 갈 생각을 접은 듯했다.

"이번에 일을 참 잘 해줬다."

십여 명의 부하들이 모여 있는 본인의 사무실에서 키시하라가 반바를 치하한 뒤 보너스라며 지폐 다발을 내밀었다.

"네 덕분에 살았어. 이로써 중국인도 혼쭐이 났겠지."

반바가 특별보수를 챙겨 품속에 넣었다.

"앞으로도 잘 부탁해."

의뢰인의 그 말에 조용히 고개만 끄덕이고서 반바는 사무소를 떠났다.

* * *

"―젠장!"

중국인들의 아지트에 돌아온 뒤 린은 욕지거리를 하고서 근처에 있던 의자를 힘껏 찼다.

"야, 어떻게 됐어?"

"키시하라는 어쨌어?"

중국인들이 몸을 내밀며 묻자 린은 짜증스럽게 대답했다.

"잘 된 것처럼 보이냐?"

계획은 실패했다. 키시하라를 납치하기는커녕 부상자가 셋이나 나왔다. 린을 제외하고 오토바이에 탔던 남자들은 모두 그룹이 뒷배를 봐주는 암흑가 의사에게서 응급처치를 받고 있었다.

"무슨 일이 있었나?"

리더가 묻자 린이 아까 겪었던 사건을 간략히 설명했다.

"노마파도 킬러를 고용했어. ······니와카자무라이라고 들어본 적 없냐? 탈을 쓴 웃기는 킬러 말이야."

린의 말을 들은 순간, 녀석들의 얼굴이 점점 창백해졌다.

"뭐라고?"

"니와카자무라이?"

"설마 그런 거물을……."

저마다 중얼거리며 서로 눈치를 살폈다.

"야, 왜 그래?"

중국인들이 명백히 겁을 먹자 린이 발끈했다.

"뭐야, 그 얼굴은. 설마 이대로 꽁무니를 뺄 생각은 아니겠지? 당한 채로 그냥 넘어갈 거냐?"

"하지만 상대는 그 니와카자무라이잖아?"

멤버 중 하나가 반론했다.

"소문을 들은 적이 있어. 『코로시야고로시야』로 후쿠오카 최고의 실력자라고―."

"그게 뭐 어쨌다고."

린이 상대의 말을 끊고서 버럭 외쳤다.

"애당초 저쪽에서 먼저 너희들을 건드렸잖아."

이 중국인 그룹은 그저 장사만 했을 뿐이었다. 그런데 노마파가 트집을 잡으며 린치를 가했다. 제멋대로 분노하여 동료에게 고문을 가한 끝에 죽여버렸다.

그런데도 니와카자무라이의 이름을 듣자마자 남자들이

우물쭈물거리자 린이 부추기듯 말을 이었다.

"이쪽은 그냥 일만 했을 뿐이야. 근데 저쪽이 멋대로 꼭지가 돌아버렸다고. 용납할 수 있겠냐?"

불현듯 머릿속에 반바의 얼굴이 스쳤다. 단지 청소만 했을 뿐인데 일방적으로 격노하여 집을 뛰쳐나간 이기적인 남자. 그 녀석 때문에 계획도 실패했다. 점점 화가 치밀었다.

"이대로 잠자코 있을 수 있냐고."

주먹을 불끈 쥐었다. 반바에게 똑똑이 일깨워주마, 하고 결심하고서 린이 중국인들을 더욱 부추겼다.

"무력감을 곱씹으며 그저 눈물로 베개만 적신다면 천국으로 간 너희 동료가 슬퍼할 거다."

동료— 그 말을 듣고서 중국인들의 표정이 바뀌었다.

"그래, 맞아."

"이대로는 저우도 억울할 거다."

"저질러버리자."

"복수해주마."

중국인들이 마작 탁자를 에워쌌다. 어떻게 노마파에게 보복할지 진지한 표정으로 논의했다.

잠시 뒤 결론이 나왔다.

"키시하라한테 니와카자무라이가 붙어 있다면 말단을 노리면 돼. 놈들은 우리 장사를 여러 번이나 방해했어. 놈들의 장사도 방해해주마."

"그게 좋겠어."

"그러자."

아무래도 노마파가 마약을 거래하는 현장을 급습하여 돈과 상품을 빼앗는 것— 이 계획인 듯했다.

중국인들이 결의를 굳히자 린은 바로 전화를 걸었다. 에노키다가 금세 받았다.

『여보세요.』

"야, 버섯."

『아— 또 너야? 반바 씨랑 슬슬 화해했나?』

에노키다의 입에서 그 이름이 나오자 린은 미간을 찡그렸다.

"아니, 이제부터 전면전쟁을 걸 작정이야."

『……뭐야 그게.』

에노키다가 어이없어했다.

린이 아랑곳하지 않고 용건을 밝혔다.

"노마파의 거래 정보가 필요해. 당장 조사해줘."

4회 말

"─그 얼굴을 보니 뭔가 아는 눈치군."

중국인 마약그룹 이야기가 나오자 리카르도가 반응을 살짝 보였다. 그는 DEA 수사관이다. 직업이 직업이니만큼 그쪽 방면에 빠삭하겠지.

"이봐, 리코. 너 지금 뭘 찾고 있나?"

"다음 질문이다."

마르티네스의 질문에 대답하지 않고 리카르도가 심문을 계속했다.

"9년 전에 날 팔았던 놈을 알고 있나?"

그 질문을 듣고서 마르티네스는 옛날을 돌이켰다.

아직 카르텔에 몸을 담았을 적이었다. 돈 라미로가 어느

수사관계자와 몰래 만난 적이 있었다. 그의 오른팔이었던 마르티네스도 그 자리에 함께 있었다. 장소는 베라크루스 시내에 있는, 라미로가 자주 가는 술집(바르)이었다. 그곳에서 라미로는 접촉해온 수사관계자에게 뇌물을 건네고서 어떤 정보를 얻었다. 『베라크루스 카르텔에서 운송업자로 일하는 리처드 루이스라는 남자는 스파이』라는 정보를.

루이스는 자신도 알고 있었다. 반년 전에 카르텔에 들어온 남자였다. 일솜씨도 나무랄 데가 없었다.

그 남자가 설마 배신자였고, 리카르도 세이야 오르테가라는 DEA 수사관이었을 줄이야.

지금껏 그가 옮겼던 약은 모조리 수사기관에 압수됐다는 뜻이었다. 역시나 돈 라미로도 이 진실에 광분했다. 부하에게 명하여 당장 루이스를 잡아오도록 했다. 그러고는 자신에게 그 남자를 고문하도록 시켰다.

그때 멕시코 술집에서 라미로와 밀회했던 남자— 카르텔에 리카르도를 팔아넘겼던 고자질쟁이의 얼굴을 떠올리면서 마르티네스가 대답했다.

"경찰관계자 중에 연줄이 있다고는 했는데, 이름은 몰라. 하지만 얼굴은 봤다. 외모는 중남미인(라티노)이었어."

"멕시코 경관인가?"

"그럴지도. 거긴 부패 경찰들의 소굴이야."

마약 전쟁 때문에 카르텔끼리의 항쟁은 물론이고, 카르텔과 경찰의 총격전도 일상이 됐다. 목숨을 거는 데 비해 경찰관의 월급은 박봉이었다. 용돈벌이를 위해서 동료를 파는 놈도 있고, 뇌물을 챙기고서 마약 밀매를 눈감아주는 놈도 있었다. 과거에 카르텔에 불리한 정보를 알아낸 기자를 없애기 위해 멕시코 경찰장관이 직접 사고를 가장하여 암살을 계획한 사건도 있었다. 경찰뿐만 아니라 정치도 썩었다. 마약 박멸을 부르짖는 나라의 고위관료조차도 카르텔과 깊이 연관되어 있었다.

"그 남자의 특징을 알려줄 테니 다음에 캐리커처 아티스트라도 데리고 와."

그로부터 어언 9년이나 지났다. 그 남자는 진즉에 경찰을 관뒀을지도 모른다. 경관이 마약밀매인(나르코)으로 전직하는 경우도 멕시코에서는 드물지 않았다.

"물어보고 싶은 건 그게 마지막인가?"

마르티네스가 질문하자 리카르도가 입을 다물었다.

이제야 심문이 끝난 줄 알았더니만 그는 아직도 궁금한 게 남아 있는 듯했다.

잠시 뒤 그가 입을 열었다.

"……어째서 그때 날 구했나?"

* * *

그때— 9년 전 호텔에서 있었던 그 사건.

『—아디오스, 수사관.』

베라크루스의 처형인 · 알렉스가 나이프를 쳐든 순간에 리카르도는 죽음을 각오했다. 삶을 체념하고서 두 눈을 감고는 온몸의 힘을 빼고서 알렉스의 일격을 기다렸다.

그러나 알렉스가 쳐들었던 칼날은 리카르도의 몸에 닿지 않았다. 대신에 리카르도를 구속했던 밧줄을 끊었다. 그는 두 팔의 구속을 푼 뒤 리카르도의 다리를 묶고 있던 밧줄도 끊어냈다.

『……이봐, 이건 무슨 뜻이야?』

갑자기 자유가 주어지자 리카르도는 눈이 동그래졌다.

알렉스는 질문에 대답하지 않았다. 그저 『가만히 있어.』 하고 명령하고서 피투성이가 된 리카르도의 몸을 수건으로 세심히 닦아나갔다.

대체 무슨 생각이지? 리카르도가 놀라워했다.

『지혈하는 거야.』

알렉스가 리카르도의 몸에 붕대를 감기 시작했다.

『깊이 찌르지는 않았어. 베인 상처에 불과해.』

리카르도는 어안이 벙벙한 채로 자신의 상처를 능숙하

게 처치해나가는 킬러를 쳐다봤다. 대체 뭐야? 이 남자는 무슨 생각이야? 돈 라미로가「죽여」하고 명령했을 텐데.

─그런데 어째서……?

『……날, 죽이지 않을 건가?』

리카르도가 가냘픈 목소리로 물어봤다.

『그래, 안 죽여.』

알렉스가 즉답했다.

『널 놔주지..』

킬러의 입에서 믿기지 않는 말이 튀어나오자 리카르도는 귀를 의심했다.

"뭐라고?"

『조용히 해. 감시자가 듣고 있어..』

그렇다. 방 밖에 라미로의 부하가 대기하고 있었다. 리카르도는 그 사실을 떠올리고서 입을 다물었다.

『자, 물..』

알렉스가 객실에 비치된 냉장고에서 페트병을 꺼내 리카르도에게 건넸다.

『전부 마시고서 소변을 봐라. 약을 빼내는 거다.』

시키는 대로 미네랄워터를 전부 마신 뒤 화장실에서 소변을 봤다. 리카르도가 되돌아오자 알렉스가 말을 걸었다.

『걸을 수 있겠나?』

『어, 어떻게든.』

아직 휘청거리긴 했지만, 조금만 쉬면 괜찮아지겠지.

『문 앞에 감시자가 둘 있다.』

『……어쩔 생각이야?』

리카르도가 미간을 찡그렸다. 그는 대체 어떻게 이곳에서 자신을 도망치게 해줄 셈이지?

알렉스가 호텔 수화기를 들었다. 어딘가에 전화를 걸었다.

『……아— 여보세요. 프론트? 룸서비스를 시키고 싶어. 아아, 그래. 아침 세트 좀 부탁해.

—룸서비스라고?

알렉스가 전화를 끊자 리카르도가 나직이 말했다.

『어이, 지금 느긋하게 밥이나 먹을 때냐?』

『그건 나도 알아.』

알렉스가 발끈하며 인상을 찡그렸다.

『이제 곧 호텔 보이가 올 거다. 그 녀석을 기절시키고서 유니폼을 빼앗아.』

그 유니폼을 입고서 보이인 척 호텔에서 나가라는 뜻이겠지.

이 남자의 계획은 알겠다. 그러나 가장 중요한 부분을 여전히 모르겠다. 리카르도가 물었다.

『……왜 날 돕는 거지?』

그 질문에 알렉스가 짓궂게 웃고는 한쪽 눈을 찡긋 감았다.

『얼굴이 내 타입이라서 죽이기에는 아깝더라.』

* * *

그 후에 리카르도는 호텔 보이의 유니폼으로 갈아입은 뒤 종업원인 척 탈출하여 무사히 DEA 동료 곁으로 돌아갔다. 마약 카르텔의 킬러, 베라크루스의 처형인에게서 목숨을 건졌다.

"……어째서 그때 날 구해줬지?"

그 이유를 도저히 알 수가 없어서 9년 전부터 쭉 머릿속에 어른거렸다. 단순히 킬러의 변덕이라고 치부할 수 없었다.

"말했잖아."

눈앞에 있는 알렉스— 호세 마르티네스가 생긋 웃으며 대답했다.

"얼굴이 내 타입이라서 그랬다고."

상대가 진지하게 대답하지 않자 리카르도는 부아가 치밀어 그의 배를 한 대 갈겼다. 마르티네스가 신음하고서 "아프다고. 때리지 마" 하고 노려봤다.

"징그럽다."

리카르도도 노려보며 폭언을 내뱉었다.

"이 빌어먹을 호모 자식."

마르티네스가 쓴웃음을 지었다.

"나 참, 동성애 혐오자(게이 포비아)한테는 농담도 안 통하는구만."

"다음에 또 시답잖은 소리를 지껄이면 그땐 그 대머리를 갈겨줄 테니 그리 알아."

리카르도가 낮은 목소리로 위협했다.

"오케이, 말할게."

마르티네스가 체념했는지 어깨를 들먹였다.

"널 도운 이유는 마약이 싫어졌기 때문이야."

마약 카르텔의 전직 킬러답지 않은 그 발언에 리카르도가 고개를 갸웃거렸다.

"무슨 소리야?"

"난 그때 조직에서 나오려고 생각하던 차였어."

마르티네스가 차분한 말투로 그 당시를 천천히 말하기 시작했다.

"어느 정치인이 라미로 산체스와 손을 잡고 있었지. 뭐, 멕시코에서는 특별한 일이 아냐. 경찰과 정치인 모두 카르텔로부터 용돈을 받는 놈투성이였으니까. 그 정치인도 똑같았어."

그가 말한 대로 그 나라는 부패했다. 정치인과 카르텔은 떼려야 뗄 수 없는 관계였다.

"근데 한 저널리스트가 그 정치인의 부패를 포착해냈어. 그 녀석은 정치인과 카르텔의 유착관계를 공공연하게 폭로하여 미쳐버린 세상을 바로잡으려고 했지."

"저널리스트의 귀감이군."

그러나 정의롭고 용감한 고발자도 카르텔 앞에서는 목숨 아까운 줄 모르는 어리석은 바보에 불과했다. 2007년 이후 멕시코에서 저널리스트가 백 명 넘게 살해됐다고 한다.

"곤경에 처한 그 정치인은 돈 라미로와 논의를 했지.『선거를 앞두고 있으니 어떻게든 해달라』고 말이야. 그래서 라미로가 내게 명령했어."

"그 저널리스트를 죽이라고?"

마르티네스가 고개를 가로저었다.

"아니, 그 녀석의 가족."

마르티네스가 숨을 작게 내뱉고서 이야기를 계속했다.

"『두 번 다시 냄새를 맡으며 돌아다닐 엄두를 내지 않도록, 저널리스트라는 직업을 내팽개치고 싶어질 만큼 그 남자의 혈연을 하나씩 가장 잔인한 방법으로 죽여』— 그렇게 명령을 받았어. 보수는 한 사람당 1000페소. 파격적이지."

1멕시코 페소를 일본 엔으로 환산하면 5, 60엔 정도다. 인간의 목숨 값치고는 너무나도 저렴한 액수였다.

"그래서 넌 어떻게 했나?"

"우선 집을 정탐하러 갔어. 그 저널리스트의 가정환경은 결코 유복하다고 할 수 없었지. 형제가 아주 많았거든. 어린 남동생과 여동생이 여러 명이나 있었어……. 나처럼."

왠지 자조하는 음색이었다. 리카르도는 아무 말 없이 마르티네스의 이야기에 귀를 기울였다.

"난 그때 내 가족을 떠올렸어. 도미니카에 살고 있는 형제들 말이야. 그리고 생각했지. 만약에 누군가가 마찬가지로 내 가족을 노린다면? 고작 한 사람의 목숨 값이 1000페소밖에 되지 않는다니…… 견딜 수가 없었어."

마르티네스가 말을 계속 이어나갔다.

"그때 알아챘다. 내가 그동안 벌였던 짓거리는 바로 그런 거였구나, 하고. 갑자기 모든 게 다 싫어졌어. 마약도, 돈 라미로도, 카르텔도. 조직의 톱니바퀴 중 하나인 나 자신까지 말이지. 그래서 난 조직을 빠져나오려고 했어. 마약 때문에 죄 없는 일반시민의 목숨을 빼앗는, 썩어빠진 멕시코의 실태에 진절머리가 났어. ……그때 네가 붙잡혔지."

그 이후는 떠올리고 싶지 않은 지옥 같은 시간이었다.

"라미로는 날더러 널 고문하라고 명령했다."

그리고 이 남자는 자신에게 고통을 가했다.

"맞아, 그래."

리카르도가 싸늘하게 대꾸했다.

"그건 아팠지. 죽는 줄 알았다고."

"난 그때 이미 사람을 죽일 생각이 없었어. 널 돕고 싶었지. 라미로가 이따가 보러 온다고 했기에 고문을 가한 것처럼 꾸미기 위해 네 몸에 살짝 칼질을 했다."

"그래. 살짝이긴 했지. 고작 서른 군데였으니까."

"급소는 피했어."

"그거 고맙군."

리카르도가 비아냥거리자 마르티네스가 쓴웃음을 지었다.

이 남자가 거짓말을 하지 않았다는 것은 확실했다. 그가 자신을 도왔던 이유를 깨달았다. 리카르도는 질문을 거듭했다.

"날 도운 뒤에 네놈은 모습을 감췄다. 어떤 마법을 부린 거지?"

알렉스 덕분에 목숨을 건진 리카르도가 오랜 휴식을 거쳐 현장에 복귀했을 때, 이미 돈 라미로는 체포됐고 베라크루스 카르텔도 붕괴했다. 그 주역이 DEA나 멕시코 경찰도 아닌 카르텔의 킬러였다는 소리를 듣고서 리카르도도 진심으로 놀랐다.

그리고 그 킬러가 모습을 홀연히 감췄다는 사실에도.

"라미로는 중동의 테러 조직한테 약과 무기를 유통했어.

그래서 CIA한테 찍혔지. 난 CIA한테 라미로와 카르텔 정보를 파는 대가로 증인보호 프로그램으로 해외로 도망쳤지."

마약 카르텔에다가 테러 조직. 더욱이 미국의 첩보기관까지 등장했다. 리카르도가 코웃음을 쳤다.

"마치 영화 같은 이야기로군."

"아리엘상[#2] 감이지?"

마르티네스가 농담투로 말했으나 리카르도는 흘려듣고서 계속 물었다.

"그래서 일본으로 왔나?"

"어. 난 새로운 신분을 받고서 이 후쿠오카로 넘어와 불법입국자가 모인 싸구려 아파트에서 살기 시작했어. 한동안 적응한 뒤 고문 일을 하게 됐지. 그리고 여태껏 살아왔고."

킬러 알렉스가 흘린 정보 때문에 돈 라미로와 조직 간부가 잇달아 체포되어 베라크루스 카르텔은 괴멸했다. 잔당 일부가 새로운 조직을 만들었다는 소문을 들었지만, 테러리스트의 중요한 공급원을 차단한 알렉스의 공적은 CIA 입장에서는 혁혁했다. 킬러임에도 불문에 부치고서 해외로 도피시켜줄 만큼.

"그땐 미안했군, 리코."

마르티네스가 갑자기 사죄했다.

#2 아리엘상 멕시코 영화계의 최고 권위상

"직성이 풀릴 때까지 내게 고통을 가해도 좋아. 각오는 했다."

전직 킬러가 갸륵한 소리를 늘어놓자 리카르도는 조소했다.

"새삼스레 네놈한테 원한을 풀 생각은 없고, 용서해줄 생각도 없어."

"그럼 내가 뭘 어떻게 해줄까?"

이 남자를 구속한 데는 이유가 있었다.

원래는 얼굴도 보고 싶지 않은 상대지만, 기껏 손에 들어온 인재였다. 이 남자를 써먹을 수 있을지도 모르겠다고 생각했다.

리카르도가 나직이 본론을 꺼냈다.

"노마파에 잠입해라."

"……뭐라고?"

마르티네스가 놀랐다.

"지금 난 말단 판매자로서 노마파에 잠입했는데, 아무래도 놈들이 스파이의 존재를 의심하기 시작한 것 같아. 슬슬 발을 뺄까 한다. 그러니 네놈이 대신 들어가."

그러자 마르티네스가 메마른 웃음을 흘렸다.

"이봐, 날더러 나르코 놈들 흉내를 내라는 거냐?"

"그래. 판매자로서 관계자한테 접근하여 정보를 모아."

"농담하지 마. 가능할 턱이 없잖아."

"전직 나르코 놈이라면 간단하겠지."

"들키면 어쩔 셈이냐고. 살해될 거다."

"들키지 않도록 잘 해. 넌 전직 범죄자이니 놈들도 신용해줄 거다."

"애당초."

마르티네스는 쉽사리 수긍하지 않았다.

"왜 내가 그런 위험한 짓을 해야만 하는 거냐고."

"지금 네가 거절할 수 있는 처지라고 생각하나?"

리카르도가 거듭 협박했다.

"시키는 대로 움직이지 않으면 ICPO에 네놈을 찌르겠다."

그 말을 듣고 마르티네스의 낯빛이 바뀌었다.

"……나왔구만, 인터폴."

그러고는 고개를 떨궜다. 아마도 짚이는 데가 있는 듯했다.

"멕시코 경찰이 요청하여 ICPO가 알레한드로 로드리게스를 국제 지명 수배했다. 죄상은 56건의 살인과 72건의 폭행—."

"이봐, 잠깐."

마르티네스가 리카르도의 말을 끊고서 끼어들었다.

"내가 죽인 사람은 기껏해야 서른 명 정도라고."

"라미로 산체스가 진술해서 그렇게 돼버렸어. 네놈한테 죄를 뒤집어씌우려고 취조하면서 얘기를 부풀렸겠지."

마르티네스가 혀를 찼다.

"……그 빌어먹을 영감탱이."

"죄상은 그밖에도 또 있다. 24건의 강도, 그리고 1건의 강간."

리카르도의 그 말을 듣고서 마르티네스의 눈이 휘둥그레졌다.

"뭐어? 강간이라고?"

"경찰관을 범했지? 젊은 멕시코인 말이다."

그가 과거를 돌이키며 인상을 찡그렸다.

"웃기지 마. 그건 합의하고 가진 관계였어."

"네놈의 성사정에는 흥미 없어. 몇 명을 죽였든, 누굴 범했든 네놈이 범죄자라는 사실에는 변함이 없다고. 내가 시키는 대로 따르지 않는다면 이대로 ICPO한테 신병을 넘겨주마."

리카르도가 그렇게 말하고서 히죽 웃어보였다.

"아니면 돈 라미로한테 네놈의 거처를 알려줄까? 그 노인네도 배신자와 퍽 만나고 싶어 하더군. 형무소에서 면회했을 때 네놈한테 말을 전해달라더군.『고향이 그립지? 콜럼버스 동상 앞에 네 머리를 걸어주마』하고."

옛 보스의 얼굴이 머릿속을 스쳤는지 마르티네스가 "우엑" 하고 미간을 찡그렸다.

"……무시무시한 영감탱이군."

"그게 싫다면 내 명령에 따라."

슬슬 수락할 줄 알았건만 마르티네스는 아직도 떨떠름해했다.

"잠깐, 이건 너무해. 이득이 전혀 없어. 나한테도 떨어지는 게 좀 있어야지."

공짜로는 수락하지 않겠다는 말인가? 잇속을 챙길 줄 아는 놈이군, 하고 리카르도는 한숨을 내뱉었다.

"뭘 원해? 새로운 신분? 잠입수사에 성공하면 DEA의 보호 프로그램을 통해 전혀 다른 인물의 ID를 제공해준 뒤 다른 나라로 도피시켜줄 수도 있어."

"그보다도 지명수배서를 철회시켜줄 수는 없나? 난 이 도시에서 평화롭게 살고 싶어. 인터폴에 아는 사람쯤은 있잖아?"

없지는 않았다. 리카르도가 고개를 끄덕였다.

"생각해보지."

"……거짓말 냄새가 나는군."

마르티네스가 미심쩍게 노려봤지만 결심을 굳힌 듯했다.

"뭐, 결국 내게 거부권은 없겠군. 리코, 협력하겠다."

교섭이 성립됐다.

리카르도는 마르티네스의 수갑을 풀어줬다. 팔다리의 구속이 풀려 손목을 어루만지는 그에게 이번에는 강화 플라스틱제 발찌를 건넸다.

"이걸 다리에 차."

"이게 뭐야?"

"GPS 장치야. 어디에 있든 네놈의 위치를 알 수 있다. 후쿠오카현 밖으로 달아나거나, 억지로 떼어내려고 했다가는 내가 갖고 있는 단말기에서 경보가 울려 네놈이 도망쳤다는 걸 내게 통보해주는 구조지."

마르티네스가 노골적으로 질색했다.

"이거 미국 범죄자한테 곧잘 채우는 거 아냐?"

바로 맞았다. 재범 가능성이 있는 성범죄자를 비롯하여 수사 컨설턴트나 정보제공자, 미끼수사 협력자 등 세상에 나온 악인을 감시하기 위한 장치였다.

"이봐, 날더러 성범죄자처럼 발찌를 차란 말이냐?"

"무슨 문제 있나? 네놈은 범죄자잖아."

리카르도가 비아냥거렸다.

"……오케이."

마르티네스가 마지못해 따르고서 투덜거렸다.

"이런 걸 채우지 않아도 난 달아나지 않는다고."

마르티네스가 오른다리에 GPS를 장착하고서 화제를 바꿨다.

"―그러고 보니 DEA 수사관이 어째서 노마파를 조사하는 거지?"

"노마파뿐만이 아냐."

산악지대에 조성된 양귀비 밭에 제초제를 잇달아 살포했던 1970년대 콘도르 작전 이후로 미국 마약단속국은 멕시코 당국과 공동작전을 벌여 마약 카르텔을 박멸하는 임무를 수행해왔다. 그런 DEA 수사관인 리카르도가 지금 이 후쿠오카에 잠입한 이유 역시 카르텔과 관련이 있었다.

"최근 몇 년 동안 카르텔이 아시아로 활발히 진출했다. 중국에서 체포됐던 밀매자 열네 명 중에 한 명은 멕시코인이었지. 필리핀에서는 시날로아 카르텔 관계자 셋이 체포됐고."

현재 멕시코 카르텔은 미래를 위해 다음 비즈니스를 펼칠 곳을 필요로 했다. 아시아는 첫 번째 후보지였다.

"언젠가 놈들이 이 일본에 상륙할지도 몰라. 그중에서도 후쿠오카는 외국인들이 자주 드나들어서 루트 중심지로서 안성맞춤이지."

"그렇군."

마르티네스가 수긍했다. 보기보다 머리가 잘 돌아가는

이 전직 킬러는 그 말만 듣고서 개요를 이해한 듯했다.

"장차 카르텔이 노마파와 접촉할지도 몰라서 네가 이 도시에서 동향을 감시하고 있다 이 말인가?"

"그런 셈이지."

DEA는 수사관을 아시아 각지에 잠복시켰다. 멕시코 국내에서 발발한 마약 전쟁의 불똥이 다른 나라로 튀지 않을지 눈을 부릅뜨고 지켜보고 있었다.

"나 참……. 참 고역스러운 놈들이군, 카르텔은."

마르티네스가 짐짓 한숨을 내쉬었다.

5회 초

 마약 카르텔【로스 에세스】3인조가 후쿠오카에 상륙한 지 대략 2주가 지났다. 밀수한 약물은 순조롭게 팔렸다. 계획이 그럭저럭 진행 중이었다.
 기타 케이스를 어깨에 메고서 덴진 거리를 걷고 있으니 불현듯 오초가 불평을 늘어놨다.
 "……못해먹겠네. 좀 그럴싸한 케이스는 없었냐?"
 케이스 안에는 기타가 들어 있지 않았다. 세 사람이 각각 애용하는 무기를 수납했다. 우노는 총, 오초는 라이플, 뜨레인따는 도검류. 이 도시에 킬러가 많다고 들었기에 혹시 몰라서 무기를 들고 다녔다. 그런데 오초는 이 케이스가 마음에 들지 않는 듯했다.

"어쩔 수 없지. 여긴 일본이야. 라이플 케이스를 들고서 어슬렁거릴 수는 없어."

"그렇다고 해서 꼭 기타 케이스에 넣을 필요는 없잖나?"

"케이스에 이름을 확실히 써둬. 어느 게 누구 건지 헷갈릴 거다."

오초가 인상을 찡그렸다.

"이거 안토니오 반데라스가 출연한 영화 속 유쾌한 마리아치 3인조 같구만."

"밴드 이름은 Trio los Ese라고 지어야겠군."
            트리오 로스 에세스

우노가 익살을 떨자 오초가 "무지하게 구려" 하고 내뱉었다.

"넌 불평밖에 할 줄 모르는군."

우노가 한숨을 내뱉었다.

"마약상이라고 의심만 받지 않는다면 케이스야 뭐든 상관없잖나."

"누가 봐도 우릴 수상쩍게 여길 거다."

모자에 선글라스, 손에는 기타 케이스를 든 다국적 3인조였다. 제아무리 외국인 관광객이 많은 도시라고 해도 이곳 후쿠오카에서 눈에 띄지 않을 리가 없었다. 행인 중에는 우노 일행을 물끄러미 쳐다보는 사람도 있었다.

"야, 사람들이 본다. 웃어."

우노가 팔꿈치로 오초의 몸을 찔렀다.

"명랑한 기타리스트인 척 굴어."

"안녕, 하세요―,"

오초가 어설픈 일본어와 함께 미소를 짓자 행인 남성이 어리둥절해하며 뛰어가버렸다.

"쳇, 도망치다니. 빌어먹을 놈."

"괘념치 마."

우노가 욕설을 내뱉은 오초의 어깨를 두드렸다.

"일본인은 다들 부끄럼쟁이야."

"내 아내는 아냐."

우노 일행이 말을 섞으면서 앞길을 재촉했다. 한동안 걸어가니 덴진 니시도오리가 눈에 들어왔다. 수많은 젊은이들로 북적거렸다.

아까부터 뜨레인따가 줄곧 입을 다물고 있었다. 오초와 달리 그는 수다쟁이가 아니지만, 오늘은 이상하게도 한 마디도 하지 않았다.

"¿Qué pasa, Treinta? ¿Qué tienes?"
_{뜨레인따, 왜 그래? 조용하군}

"Tengo hambre."
_{배가 고파}

"최근에 속을 게워내기만 해서 그래. 그러니 배가 고플 수밖에."

우노가 쓴웃음을 지었다.

상품을 옮기고자 낚싯배를 탈 때마다 뜨레인따는 배 멀미를 했다.

"넉살 좋은 녀석이구만."

오초도 어이없어했다.

"그럼 일단 밥이나 먹으러 가자고. 스시 같은 거 말이야. 후쿠오카에 온 지 꽤 됐는데도 아직 본고장의 일식을 먹어 보질 못했잖냐."

"오늘은 저 앞에 있는 가게에서 사람과 만나기로 약속했다. 밥은 거기서 먹자."

우노가 그렇게 말하면서 모퉁이를 돌았다.

우노 일행이 찾은 곳은 니시도오리에서 좁은 골목으로 들어가면 나오는 중남미 요리점이었다.

가게 간판과 메뉴를 보고서 오초가 노골적으로 질색했다.

"……멕시코 요리 아니냐?"

"콜롬비아 요리도 있다. 페루 요리도."

"메뉴 다양성을 따지는 게 아니잖아. 일본식은 어디로 갔냐고?"

투덜거리는 오초와 배가 고픈 뜨레인따를 데리고서 우노는 가게에 들어갔다.

중남미 요리점 【Moreno】(모레노)는 그럭저럭 넓은 가게였다. 탁자석 여러 개와 카운터, 테라스석도 갖춰져 있었다. 실내 배경음악은 모국에서 자주 듣던 라틴 뮤직이었다. 식사를 하면서 쇼도 즐길 수 있는 듯했다. 현재 무대 위에서 중남미인 기타리스트가 한창 연주하는 중이었다.

약속한 상대는 이미 와 있었다. 안쪽 탁자석에 앉아 있었다. 야쿠인이라는 일본인 남자로 이번 계획의 협력자였다. 후쿠오카의 마약 사정에 밝은 정보통으로 마약 조직 몇 군데와 얽혀 있다고 한다. 현재 고용한 중국인 마약그룹이 저 남자를 소개해줬다. 후쿠오카의 약장사를 알고 싶다면 저 남자에게 물어보라고.

"당신이 야쿠인인가?"

우노가 묻자 남자가 고개를 끄덕였다.

"어, 맞아."

"난 우노. 이쪽은 오초와 뜨레인따다."

간략히 소개하고서 서로 악수를 나눴다.

"잘 부탁해. 뭐 좀 마시겠어?"

"맥주를 마시지."

우노가 말했다.

"난 테킬라."

오초가 말했다.

"……"

뜨레인따가 묵묵히 메뉴만 노려보자 야쿠인이 물었다.

"당신은 뭘?"

"……."

"아아, 미안. 이 녀석은 일본어를 알아듣지 못해."

뜨레인따를 대신하여 우노가 술을 시켜줬다. 기타리스트의 노랫소리에 귀를 기울이며 요리를 적당히 주문했다

잠시 뒤 주문한 음식물들이 나왔다. 전채요리인 샐러드와 타코스, 퀘사디아, 뽀쏠레 등 친숙한 요리가 탁자에 깔렸다. 우노 일행과 야쿠인은 잔을 들고서 건배했다.

뜨레인따가 요리를 입에 넣고서 미간을 찡그리며 불쑥 중얼거렸다.

"¿ Qué es esto? ¿ Comida de cerdo?"
_{이게 뭐야? 돼지 사료냐?}

"뭐라고?"

야쿠인이 고개를 갸웃거렸다. 그러고는 우노의 눈치를 살폈다.

"이 녀석이 뭐래?"

"『이 가게의 타코스는 일품이야』라는군."

우노가 대답했다.

야쿠인이 술과 돼지 사료에 입맛을 다시면서 바로 일 이야기를 꺼냈다.

"―그래서 뭘 원하지?"

우노가 본론으로 들어갔다.

"당신이 협력해줬으면 좋겠다."

"뭘 꾸미고 있지?"

"실은 앞으로 후쿠오카에서 마리화나 비즈니스를 전개할 생각이다."

우노가 말하자 야쿠인의 눈이 동그래졌다.

"마리화나라고?"

"어, 그래. 이제부터는 마리화나의 시대가 온다."

우노가 강한 어조로 설명했다.

현재 미국의 워싱턴주와 콜로라도주를 비롯한 전 세계에서 마리화나를 합법화하려는 움직임이 확대되고 있었다. 그래서 멕시코 국내 마약 카르텔도 덩달아 마리화나 비즈니스에 힘을 쏟기 시작했다.

현재 카르텔은 미국으로 밀수입하기 위해 멕시코와 콜롬비아, 자메이카산 상품을 주로 취급하고 있었다. 트럭으로 국경을 넘든가, 배로 카리브해를 경유하든가, 혹은 세스나기로 공수하는 방법으로 앞 다투듯 미국 안으로 반입했다.

미국의 일부 주에서 벌어지는 합법화 흐름 때문에 마리화나의 수요뿐만 아니라 공급도 급증했다. 필요로 하면 얼마든지 간단히 입수할 수 있는 상황이었다. 앞으로는 고객들이 고품질을 요구하는 시대가 되겠지.

"딴 데랑 똑같이 해봤자 돈벌이는 뻔할 거야."

오초도 끼어들었다.

일본어를 알아듣지 못하는 뜨레인따는 대화에 참가하지 않고 음식물을 묵묵히 입에 넣었다.

"Este chorizo, si está bien." _{이 초리소는 제법 먹을 만하군}

다른 카르텔이 중남미에서 생산된 저렴한 마리화나를 팔아치우는 사이에 시장에서 특히 고품질로 인정받는 호주산 브랜드를 판매한다. 그것이 로스 에세스의 노림수였다.

우노의 설명을 듣고서 야쿠인도 신음했다.

"호주산이라. 그거 좋지."

호주산 상품에는 그밖에도 이점이 있었다. 앞으로 마리화나 합법화 흐름이 아시아까지 확대된다면 호주산 브랜드 상품을 유통하는 루트를 로스 에세스가 독점하게 된다. 이른바 선행투자인 셈이었다. 미리 파이프를 만들어두고 싶었다.

그러기 위해서는 유통거점이 필요했다. 멕시코의 베라크루스시처럼 자신들의 활동중심지가 될 만한 도시가.

그래서 로스 에세스는 후쿠오카를 점찍었다.

외국과도 가까워서 아시아의 현관이라고도 불리는 후쿠오카를 손아귀에 넣는다면 여러 루트를 개척할 수 있었다.

호주에서 생산한 마리화나를 후쿠오카까지 옮기면 한국, 중국, 북한, 더 나아가 유라시아 대륙 전토까지 판로를 확대할 수 있었다. 한편 도쿄를 경유하면 하와이를 통해 미국으로 밀수할 수도 있었다. 홋카이도까지 옮기면 오호츠크해를 경유하여 러시아에도 판매할 수 있었다.

이 후쿠오카를 중심으로 마약생산부터 유통, 판매를 전개한다―. 이른바 『후쿠오카 카르텔』을 구축하는 것이야말로 로스 에세스의 아시아 진출계획이었다.

"지금은 중국인한테 상품을 넘기고 있지."

우노 일행은 일본으로 넘어온 직후에 손님인 척 가장하여 중국 마약 조직과 접촉하여 로스 에세스의 상품을 고객에게 팔아달라고 거래했다.

"하지만 기껏해야 열 명밖에 안 되는 그룹이야. 돈벌이는 뻔해. 우리는 더 커다란 일을 하고 싶다. 그러려면 협력해줄 만한 거대한 조직이 필요해."

디저트를 먹고 싶군
"Quiero algo dulce."

뜨레인따의 말을 무시하고서 우노가 이야기를 계속했다.

"후쿠오카에서 노마파라는 야쿠자가 마약을 취급한다더군."

"분명 현재 노마파가 가장 큰 세력이 맞긴 하지."

야쿠인이 대답했다.

"예전에는 무타가와파도 약과 무기를 거래했는데, 간부와 조직원이 살해된 사건이 벌어져서 지금은 예전 같지 않아. 서우왕(獸王)이라는 홍콩계 조직도 후쿠오카에 진출하려고 했지만, 몇 달 전에 철수했어."

현역 판매자인 야쿠인의 이야기이므로 신뢰할 만했다.

"그래서 날더러 노마파를 소개해달라는 말인가?"

딱 잘라 말하자면 그런 셈이었지만, 심상치 않은 사정이 있었다.

우노가 떫은 표정을 지으며 말했다.

"……실은 난감하게도 우리가 고용한 중국인 그룹이 그 노마파와 다투는 모양이다."

"아아, 그랬지."

"마약을 유통하는 중국인들한테 우리 상품을 나카스에서 팔아달라고 부탁했다. 근데 노마파의 영역이었는지 중국인 하나가 살해됐지."

"¿Cuál comeré? ¿Helado de coco o gelatina de mango?" _{코코넛 아이스와 망고 젤리 중 뭐가 좋을까?}

"그에 분노한 중국인들이 이번에는 노마파 조직원을 습격했다."

야쿠인이 팔짱을 끼고서 신음했다.

"그거 더 꼬여버렸구만."

"참 쓸데없는 짓을 벌였더구만. 어처구니가 없네."

오초카 테킬라를 세 잔째 마시면서 말했다.

"그러게나 말이야."

야쿠인이 턱에 손을 대고서 생각에 잠겼다.

"그럼 중국인을 끊어버리고서 노마파랑 손을 잡는 수밖에 없겠네. 노마파는 마약단속부랑 조직범죄 대책과 사람이랑 연줄도 갖고 있어. 뇌물을 찔러주면 압수 수색 정보도 사전에 흘려준다고. 이 도시에서 장사하려면 그들을 아군으로 삼는 편이 나아."

"어느 경찰서에나 똑같은 놈들이 있구만."

전직 부패경찰인 오초가 비웃었다.

타국에서 장사할 때 현지 마피아의 협력을 구하는 것은 마약 카르텔의 상투적인 수단이었다. 경찰관계자를 포섭해둔 노마파의 이점은 꽤나 매력적이었다.

"문제는 노마파가 이 제안을 받아들일지 알 수가 없다는 건데."

"우노, 어쩌지?"

오초가 물었다.

"내게 생각이 있어. 중국인을 먹잇감으로 내주면 놈들도 덥석 물 거다."

우노가 히죽 웃었다.

"방침이 결정됐으니 바로 시작하지. 야쿠인, 노마파 사람한테 연락을 넣어다오."

5회 말

 DEA 수사관·리카르도에게 협박받은 마르티네스는 마약 업계에 잠입하는 신세가 됐다. 내키지는 않았지만, 일단 수락했으니 임무를 제대로 수행해야만 했다. 우선 전화로 노마파의 간부인 키시하라와 비즈니스 약속을 잡았다.
 키시하라의 조직 사무소는 니시나카스에 있었다. 강을 따라 세워진 빌딩 2층에 위장용인 『노마 상사』라는 간판이 걸려 있었다. 마르티네스가 제시간에 맞춰 사무소를 방문했더니 험악하게 생긴 몇몇 부하들이 맞이해줬다. 안에 있는 키시하라의 사무실로 안내를 받아 안으로 들어갔다. ―그와 동시에 마르티네스는 놀라워하며 눈이 휘둥그레졌다.
 키시하라의 바로 옆에 키가 큰 남자가 서있었다. 상복처럼 새카만 슈트를 입고서 얼굴을 니와카 탈로 숨긴, 행색이 기이한 남자였다.

그 정체를 금세 알아챘다.

―뭐야, 반바잖아?

탈을 쓴 반바와 눈을 마주쳤다. 이 상황에서「오, 반바! 이런 데서 뭐해?」하고 친근하게 말을 걸 수는 없었다. 마르티네스는 넌지시 시선을 피하며 남인 척했다. 반바도 그렇게 해주길 바랐겠지.

"지난번에는 고마웠어. 키시하라 씨."

키시하라와 마주 보듯 응접용 의자에 앉고서 마르티네스가 싹싹하게 웃어보였다.

"별난 보디가드를 고용했군."

"그래서 무슨 용건이야?"

마르티네스의 말을 무시하고서 키시하라가 다짜고짜 본론으로 들어갔다. 고마웠다. 이쪽도 이야기를 얼른 마치고서 이곳을 떠나고 싶었다.

"당신한테 부탁할 게 있어."

"부탁?"

"귀하가 취급하는 상품을 내게도 넘겨줬으면 하는군."

마르티네스가 당돌하게 주문하자 키시하라가 괴이하다는 표정을 지었다. 역시 경계하는 듯했다.

의심을 사면 끝이었다. 의도가 들통나지 않도록 마르티네스가 음흉하게 웃어 보였다.

"고문사는 돈벌이가 안 되는 직업이라서 말이야. 부업이라도 슬슬 시작할까 해서."

"우리 조직의 판매자가 되고 싶다는 말인가?"

"맞아."

마르티네스가 상대를 응시하며 수긍한 뒤 말을 계속했다.

"당신, 예전에 말했지? 뒷배를 봐주겠다고. 그렇다면 날 고용해줘. 뒷골목에 나름 고객을 보유하고 있으니 좋은 성과를 낼 수 있을 것 같다만."

그러자 키시하라가 입을 다물었다.

침묵이 이어졌다. 무언가 민감한 부분이라도 건드렸나? 하고 불안해졌다. 제발 배후에 마약수사관이 있다는 사실이 발각되지 않기를. 마르티네스는 기도하는 심정으로 키시하라의 말을 기다렸다.

잠시 뒤…….

"……좋지."

키시하라가 씨익 웃었다.

마르티네스는 마음을 놓았다. 속으로 안도의 숨을 내뱉었다. 다행이다. 수상쩍게 여기지는 않은 듯했다.

"우린 주로 각성제와 허브를 취급한다. 지금 마침 각성제가 들어왔는데 얼마나 필요하지?"

리카르도의 계획대로 마르티네스가 이야기를 진행시켰다.

"글쎄……. 시험 삼아 30만 엔어치 어때?"

"알겠다."

벽에 걸려 있는 시계를 힐끗 보고서 키시하라가 말했다.

"지금부터 한 시간 뒤 나카스의 입체주차장 2층으로 와라. 부하한테 들려 보내지."

"오케이."

키시하라의 눈을 속여 반바에게 웃음을 보낸 뒤 마르티네스가 사무실을 떠났다.

노마파 사무소를 나온 뒤 마르티네스는 한동안 부근을 적당히 어슬렁거렸다. 미행이 따라붙지 않았는지 확인한 뒤 인근 코인주차장으로 향했다.

주차장 구석에 검은 차량이 한 대 세워져 있었다. 운전석에 리카르도의 모습이 보였다.

"―어떻게 됐나?"

마르티네스가 조수석에 타자 리카르도가 나직이 물었다.

"잘 됐어."

마르티네스가 대답하고서 숨을 깊이 내뱉었다.

"하― 진땀이 다 나는군."

자신답지 않게 긴장했다. 고작 마약 거래를 한 건 요청했을 뿐인데 이토록 신경을 쓸 줄이야. 잠입수사관은 퍽 힘들겠군, 하고 절실히 생각했다.

"시킨 대로 30만 엔어치를 주문하고 왔다."

"좋아, 그럼 됐어."

"돈은 어쩔 셈이야?"

"내가 낸다."

리카르도가 그렇게 말하면서 대시보드에서 지폐 다발을 꺼냈다.

그 광경을 보고 마르티네스가 "오호" 하고 감탄했다.

"본인 돈으로 지불하나? 요즘 DEA가 잘 나가나 보군."

"헛소리 마. 당연히 경비지."

"영수증은 못 써준다."

만 엔짜리 지폐를 받으면서 마르티네스가 웃었다.

* * *

리카르도는 차량 조수석에 마르티네스를 태운 채 키시하라가 지정한 나카스의 입체주차장으로 향했다. 인근 도롯가에 정차했다. 거래시각은 오늘 밤 9시 반. 그때까지는 이곳에서 대기하기로 했다.

"……심심하군. 수다나 떨까?"

마르티네스가 익살스럽게 제안하자 리카르도가 "시끄러워, 닥쳐" 하고 일축했다.

그러고는 조수석에 앉은 마르티네스와 마주하고서 그 얼굴에 손가락을 들이밀었다.

"잘 들어. 확실히 말해두겠는데, 난 네놈을 옛날부터 싫어했어. 이제와 친해지고 싶은 생각은 없다고. 네놈은 그냥 잠자코 내 명령에만 따르면 돼."

가시 돋친 말투로 쏘아붙였는데도 상대가 가볍게 흘려버렸다. 마르티네스가 즐거워하며 "시시하구만" 하고 웃었다.

리카르도가 미간을 찡그렸다. 운전석 등받이에 몸을 기대고서 곁눈으로 마르티네스를 노려봤다. 저 녀석의 저런 면이 싫었다. 늘 여유로운 표정을 지으며 주접만 떨어댔다. 남을 놀려대는 것 같은 저 남자의 언동에 늘 부아가 치밀었다.

그러나 약속 시간까지 아직 20분쯤 남았다. 확실히 무료하긴 했다. 이대로 좁은 차 안에서 저 남자와 단 둘이서 입을 꾹 다문 채 보내는 것도 견딜 수 없었다.

"……이봐."

리카르도가 먼저 입을 열었다.

"왜 고문 일 같은 걸 하는 거냐?"

"결국 떠는 거냐, 수다."

마르티네스가 슬쩍 웃었다.

리카르도가 다시 째려보자 마르티네스는 어깨를 들먹이고서 진지한 표정으로 이야기하기 시작했다.

"CIA한테서 새 신분을 받아 후쿠오카에 온 뒤 난 오야후코에 있는 싸구려 아파트에서 살게 됐지. 거긴 밀입국자들이 우글거리는 곳으로 나와 같은 사연이 있는 녀석들만 살고 있었어. 거기서 알게 된 아시아인 남자가 일을 소개해 줬지. 어느 남자를 고문해달라는 거였어. 그 이후로 비슷한 일이 꾸준히 들어왔고 어느덧 직업처럼 굳어져버렸지."

리카르도가 고개를 갸웃거렸다.

"이해가 안 되는군. 카르텔에 염증을 느끼고서 여기까지 도망쳐 왔잖나?"

살인이 싫어져서 암흑가에서 도망쳐 나와 새로운 인간으로서 탈바꿈했던 거 아니었나?

"그러게."

마르티네스가 고개를 끄덕였다.

더더욱 이해가 되지 않았다. 대체 어째서.

"평범한 일을 할 생각은 하지 않았나?"

"했어."

마르티네스가 즉답했다.

"실제로도 해봤고 지금도 가끔 하고 있지."

그러고 보니 저 남자가 처음에 『물리치료사』로 일한다고 했다. 그건 거짓말이 아니었나?

"그런데 말이야."

마르티네스가 말을 계속했다.

"난 열여섯부터 사람을 죽이며 살아왔어. 이 업계에서 발을 빼기에는 너무 늦었어."

"그건 그저 변명이야."

리카르도가 콧방귀를 꼈다.

"삶의 터전이 베라크루스에서 후쿠오카로 옮겨졌을 뿐 하는 일은 변함이 없군. 네놈은 여전히 잔혹한 범죄자야."

리카르도가 냉엄하게 규탄하자 상대가 "확실히 그럴지도 모르겠군" 하고 쓴웃음을 지었다.

"하지만 바뀐 것도 있어. 난 이제 킬러가 아냐. 사람을 죽이지 않아도 돼."

"고문사도 비슷한 일이잖아."

"글쎄다?"

마르티네스는 인정하지 않았다.

"고문할 때 가장 큰 금기는 상대를 간단히 죽여버리는 거야. 킬러와는 차원이 달라."

고문이란 살려두기 위한 작업이다. 되도록 목숨줄을 오

랫동안 붙여둔다. 죽이지 않도록, 기절시키지 않도록 상대의 몸을 예의주시할 필요가 있다. ―전직『베라크루스의 처형인』이 그런 취지에서 말했다.

"그렇기에 고문사는 상냥하고 애정이 깊고, 신사적이어만 한다고."

"그래도 결국에는 피고문자는 죽게 되겠지."

마르티네스가 고개를 끄덕였다.

"맞아. 물론 고객의 요구에 따라 상대를 죽여야만 하는 경우도 있어. 하지만 그럴 때는 대체로 그 상대가 악인이야. 옛날처럼 죄 없는 일반시민이 휘말리지 않도록 의뢰를 고른다고."

―바뀐 점도 있나?

마르티네스의 말을 곱씹으며 리카르도가 생각했다. 확실히 저 남자는 상당히 바뀐 듯했다. 겉뿐만 아니라 속도.

카르텔 시절에는 어딘가 살기등등해서 지금보다 다가가기 힘든 분위기였다. 피도 눈물도 없는 남자라고 일컬어졌다. 전혀 주저하지 않고 표적의 뇌나 심장을 정확히 쏘아서 즉사시키는 처형인 알렉스를 주변에서는 마음도 없는 킬러라며 무서워했다.

그러나 실제로는 그게 아니었다면? 이 남자가 가차 없이 표적을 죽였던 것이 고통을 주지 않고 보내주기 위한 그 나름의 배려였다면?

갑자기 알렉스라는 킬러가 어떤 인간인지 알 수가 없어졌다. 호세 마르티네스라고 이름을 바꾼 지금도 저 남자의 본심을 종잡을 수가 없었다.

―결국 저 인간은 좋은 놈인가? 나쁜 놈인가? 애초부터 좋은 놈이었나? 아니면 좋은 놈인 척 굴고 있을 뿐인가?

모르겠다. 점점 혼란스러웠다.

그런데 신기했다.

저 남자가 지금도 범죄자인 것은 변함없었다. 그러니 언제 배신할지 알 수 없었다. 신뢰해서는 안 된다. 그렇게 자꾸 되뇌면서도 그가 같은 편이 되어주니 왠지 안도감이 들었다.

9년 전에 베라크루스의 호텔에서도 리카르도는 같은 감정을 품었다. 저 녀석이라면 어떻게든 해주지 않을까? 하고. 알렉스에게는 옛날부터 그런 매력이 있었다. 위기를 헤치고 기회를 확 낚아채는 터프함 말이다. 그래서 그 돈 라미로도 이 든든한 남자를 줄곧 곁에 뒀겠지. 카르텔 멤버 모두 적대 조직과 시가전을 벌이고도 반드시 살아 돌아오는 알렉스를 우러러봤다.

"―그딴 말을 늘어놓아본들 난 새삼스레 착한 인간이 될 수 없어."

마르티네스가 먼발치를 바라보며 마치 혼잣말을 하듯 말했다.

"그러니 적어도 선량한 악인은 되려고 해."

문득 시계를 보니 20분이 지났다. 약속 시간이 다 됐다.

"……슬슬 시간이 다 됐군."

마르티네스가 조수석 문을 열었다.

"갔다 온다."

리카르도가 앞을 바라본 채 말했다.

"일을 망치지 마라."

"더 기운 나는 말 좀 해줘라.『힘내라』라든가『조심해』라든가."

"다 끝나면 이리로 돌아와. 알겠지?"

마르티네스의 말을 무시하고서 리카르도가 당부했다.

"달아나지 말라고."

"알았대도. 그럼 이따가 보지."

마르티네스가 한손을 흔들며 떠났다.

* * *

모퉁이 하나를 도니 3층짜리 입체주차장이 보였다. 마르티네스는 안에 들어가 2층으로 향했다.

2층 플로어 안쪽에 검은 왜건이 세워져 있었다. 그 옆에 슈트를 입은 두 남자가 서있었다.

"―안녕."

마르티네스가 그들에게 다가가 말을 걸었다.

"당신들이 키시하라 씨가 보낸 심부름꾼인가?"

"그래."

남자들이 수긍했다.

"네가 새로 들어온 판매자로군. 얘기는 들었어."

그러고는 차량 뒷좌석에서 케이스를 꺼내 열어 보였다.

"이게 상품이야."

그 안에는 소분한 비닐봉지에 담긴 하얀 분말이 꽉 채워져 있었다. ―각성제다.

"시음해볼 텐가?"

"아니, 됐어."

마르티네스가 고개를 가로저었다.

"당신들의 보스를 믿거든. 게다가 약은 싫어. 마약은 하지 않는 주의라서."

"좋은 마음가짐이야. 중독자 판매자는 최악이니까."

"자, 약속한 돈이야."

마르티네스가 리카르도에게서 받은 대금을 남자에게 건넸다.

"확인해봐."

남자가 지폐를 헤아리고서 고개를 끄덕였다.

"30만 엔 확실하네."

"거래가 성립됐군."

그 후에 남자가 케이스에 담긴 분말 한 봉지를 마르티네스에게 건네려고 했을 때였다.

갑자기 엔진 소리가 들렸다.

순간 뒤를 돌아보니 검은 덩어리가 보였다. 오토바이 두 대가 이쪽으로 곧장 돌진해왔다. 전조등 빛이 눈부셔서 시야를 빼앗겼다. 마르티네스가 눈을 질끈 감고서 뒤로 물러섰다.

"뭐야— 너희들—."

노마파 남자가 외쳤다.

마르티네스는 손을 앞으로 내밀어 빛을 가린 뒤 주변을 둘러봤다.

2인승 오토바이가 두 대. 상대는 넷이었다. 풀페이스 헬멧에다가 위아래로 온통 새카만 옷을 착용한 남자들이 눈앞으로 엄습해왔다. 오토바이 뒷좌석에 있는 남자가 권총을 겨누는 모습이 포착됐다.

"아뿔싸, 도망쳐—."

마르티네스가 그렇게 외치고서 당장 움직였다.

뒤이어 총성이 한 발 울려 퍼졌다. 신음이 들리더니 총에 맞은 남자가 땅바닥에 털썩 쓰러졌다.

"젠장!"

다른 노마파 남자가 혀를 찼다. 차문을 방패 삼아 적과 응전했다. 소음기로 음량을 억제한 총성이 잇달아 울려 퍼졌다.

"……야야야, 이거 실제 상황이냐?"

느닷없이 총격전이 벌어지자 마르티네스는 혀를 찼다. 대체 이게 무슨 일이야? 골치 아프게 됐다. 제기랄, 재수 없군.

이대로 있다가는 총알에 맞고 말 것이다. 어쨌든 어딘가에 숨어야겠다. 마르티네스는 주차장 기둥 뒤로 돌아가 총격을 피했다.

몇 분쯤 뒤에 총성이 멎었다. 나머지 노마파 남자도 살해된 듯했다.

남은 사람은 마르티네스뿐.

"거기 있는 거 다 알아."

어눌한 일본어가 날아들었다.

"냉큼 나와."

야단났군. 마르테니스는 다시 혀를 찼다. 상대는 무장한 4인조. 반면에 이쪽은 맨손이었다.

―어떻게든 도움을 요청해야만.

마르티네스가 자신의 오른다리에 손을 뻗었다.

　　　　　　＊　＊　＊

마르티네스가 거래장소로 향한 지 이미 십여 분이 지났다. 돈을 건네고서 약만 받아오면 되건만 왜 이렇게 꾸물거리는 건가? 무슨 일이 생겼나? 리카르도가 그렇게 생각하며 고개를 갸웃거렸을 때였다.

갑자기 차 안에서 전자음이 울려 퍼졌다. GPS 장치용 태블릿에서 나는 경보음이었다. 이 기능이 동작했다는 것은 마르티네스가 팔찌를 억지로 빼내려고 했다는 뜻이었다.

설마. 리카르도는 숨을 삼켰다.

―설마 그 녀석, 도망칠 작정인가?

"……빌어먹을!"

리카르도가 욕설을 내뱉었다.

그 남자, 마약 대금으로 건넨 30만 엔을 군자금으로 삼아 어디론가 줄행랑을 칠 작정인지도 모르겠다.

―순순히 놔둘쏘냐. 절대로 놓치지 않겠어.

GPS 표시가 입체주차장 안에서 멈췄다. 리카르도는 시동을 걸고서 가속페달을 세게 밟았다. 주차장을 향해 맹렬히 돌진했다. 내려오는 입구 차단막대를 보닛으로 튕겨내고서 주차권도 받지 않고 건물 내로 침입했다. 경보음을 무시하고 냅다 달렸다.

그대로 2층으로 올라가니 사람 실루엣이 보였다. 다 합쳐서 다섯 명— 그 중에는 마르티네스도 있었다. 헬멧을 쓴 네 남자가 그를 에워싸고서 총을 겨눴다

—뭐야, 이건.

그 광경을 보고서 리카르도는 눈이 동그래졌다.

—대체 뭐가 어떻게 된 거야?

저들은 누구인가? 어째서 마르티네스에게 총구를 겨누고 있는 건가? —별안간에 상황을 파악할 수가 없었다. 그러나 마르티네스가 자신을 배신하고서 달아나려고 하지 않았다는 사실만은 짐작할 수 있었다. 그리고 그가 지금 위기에 닥쳤다는 사실도.

마르티네스는 맨손이었다. 두 팔을 들고서 항복했다. 언제 총을 맞더라도 이상하지 않은 상황이었다. 그렇다면 리카르도가 취할 수 있는 행동은 단 하나.

리카르도가 가속페달을 힘껏 밟아 눈앞에 있는 남자들을 향해 돌진했다. 네 명 중 두 명을 날려버린 뒤 브레이크를 세게 밟아 정지했다.

차에 치인 남자의 몸이 부웅 날아갔다. 하나는 주차장 벽에, 나머지 하나는 주차된 차량에 온몸으로 세차게 부딪

쳤다. 풀페이스 헬멧을 뒤집어쓴 덕분에 목숨은 건진 듯했다. "서둘러", "도망쳐" 하고 외치는 소리가 들렸다. 네 명이 황급히 오토바이를 타고서 그대로 달아나버렸다.

리카르도가 차에서 내려 마르티네스에게 달려갔다.

"알렉스!"

"……오."

그가 한손을 들어 올렸다.

"덕분에 살았다, 리코."

"뭐야?"

리카르도가 주변을 둘러보고서 물었다.

"대체 무슨 일이 있었던 거야?"

바로 옆에 거래 상대인 노마파 남자로 추정되는 슈트 차림의 두 남자가 굴러다녔다. 아까 그 패거리가 쏜 총에 맞았는지 가슴과 머리에서 피가 흘렀다.

"저 녀석들은 누구냐?"

"글쎄?"

마르티네스가 얼굴을 찡그렸다.

"저것들이 돈과 약을 몽땅 가져가버렸다. 애초부터 우릴 노렸을지도 모르지."

마르티네스의 이야기에 따르면 그들은 거래를 한창 하던 중에 느닷없이 습격했다고 한다. 악당에게서 더러운 돈을 훔치는 절도 조직이나, 혹은 노마파의 사업을 방해하러 온 적대 조직인가? 습격에 휘말려서 마르티네스도 하마터면 죽을 뻔했다.

"이렇게 하면 도와주러 올 것 같았지."

그는 리카르도를 신속히 부르기 위해 GPS 장치를 타고난 괴력으로 파괴했다.

"……영락없이 도망친 줄 알았는데."

리카르도가 한숨을 내쉬었다. 단말기 경보가 작동했을 때는 역시나 가슴이 철렁했다.

"그럴 리가 없잖아."

산산이 부서져 코드가 노출된 플라스틱 잔해를 넘기면서 마르티네스가 쓴웃음을 지었다.

"GPS(이거), 망가뜨려서 미안하게 됐군. 새로운 걸 줘. 스페어가 있을 거 아냐?"

있기는 있었다. 그러나 이제는 필요가 없는 듯했다. 리카르도가 고개를 가로저었다.

"지금은 다 떨어졌어."

6회 초

 에노키다의 정보에 따르면 지금부터 한 시간 뒤에 나카스에 소재한 입체주차장 2층에서 노마파가 마약 거래를 벌인다고 했다. 그의 정보를 신뢰하긴 했지만, 린이 「어떻게 알아냈어?」 하고 묻자 에노키다가 『훔쳐들었어』 하고 대답했다. 또 누군가에게 도청기라도 장착했나?
 어쨌든 이로써 표적 위치는 알아냈다. 이제는 계획을 실행하는 일만 남았다. 노마파의 거래현장을 급습하여 상품과 대금 모두를 빼앗는다. 기습 방법은 지난번에 키시하라를 습격했을 때처럼 2인승 오토바이를 이용한 히트 앤 어웨이 방식. 외국 마피아도 자주 쓰는 수법이었다.
 "―준비는 됐냐?"

풀페이스 헬멧을 쓰고서 린이 다른 멤버에게 말했다.

"가자."

중국인들이 저마다 고개를 끄덕였다. 이번 기습의 실행역은 린을 포함한 네 명. 오토바이 두 대에 나눠 타고서 목적지로 달려갔다.

주차장 2층으로 올라가니 세 명의 실루엣이 보였다.

"뭐야, 너희들—."

화들짝 놀란 야쿠자 앞으로 뛰쳐나와 중국인들이 권총을 겨눴다. 그리고 적 하나에게 방아쇠를 당겼다. 머리를 맞고서 남자가 즉사했다. 남은 사람은 둘. 하나는 기둥 뒤에 숨었다. 남은 한 명은 차체를 방패삼아 총을 겨누고서 저항했다.

남자가 맞서서 총을 쏘자 린 일행은 오토바이를 지그재그로 운행하며 총탄을 피하면서 반격했다. 총탄이 먼저 다 떨어진 사람은 상대였다. 한동안 총성이 잇달아 울리다가 금세 조용해졌다. 중국인 하나가 야쿠자를 사살한 듯했다. 노마파 남자가 몸에서 피를 흘린 채 쓰러져 있었다. 다른 멤버가 지폐 다발과 마약을 상대방에게서 빼앗았다.

남은 하나는 지금도 기둥 뒤에 숨어 있었다.

"거기 있는 거 다 알아. 냉큼 나와."

중국인이 말을 걸었다.

잠시 뒤…….

"—오케이, 오케이."

기둥 뒤에서 남자가 서서히 나왔다.

"맨손이야. 쏘지 말아줘."

덩치가 큰 외국인이었다. 두 손을 든 상태로 이쪽으로 신중히 걸어오는 남자의 얼굴을 보고 린은 어리둥절했다.

"—마르?!"

잘 아는 얼굴이었다. 팀메이트인 마르티네스였다.

"그 목소리는…… 설마 린이냐?"

헬멧으로 얼굴을 숨긴 린을 물끄러미 응시하며 마르티네스도 놀랐다.

오토바이에서 내려 모두가 마르티네스를 에워쌌다. 린이 마르티네스에게 총을 겨눈 중국인 멤버에게 "내 동료야. 쏘지 마" 하고 날카롭게 명령했다.

그러고는 린은 다시 마르티네스에게 시선을 돌린 뒤 물었다.

"이런 데서 뭐 하는 거야?"

설마 이런 상황에서 팀메이트와 맞닥뜨릴 줄이야.

"그건 내가 할 소리야."

"난 일이야. 이 녀석들이 고용했어. 넌?"

"나도, 뭐, 일이라고 할 수 있긴 한데……."

마르티네스가 모호하게 대답했다.

―그 직후에 차량 한 대가 이쪽으로 돌진해왔다.

갑작스러운 사태에 그곳에 있던 모두가 기겁했다.

그 차량은 명백히 자신들을 노리고 있었다. 들이받아서 죽이겠다는 기세였다. 린과 한 남자는 바로 피해서 무사했지만, 나머지 둘은 직격을 받았다.

린이 아지트인 나카스의 마작방으로 홀로 돌아오자 그곳에 남아 있던 그룹 멤버들이 사정을 추궁했다.

"혼자? 나머지 셋은 어쨌어?"

물음을 받자 린이 떨떠름한 표정으로 대답했다.

"뒷골목 의사한테 갔다."

"의사? 부상을 입었나?"

"둘이 차에 치였어. 하나는 수발을 들고 있고."

린이 그렇게 말하자 그들은 다소 안도했다. 그래도 석연치 않은 구석이 있었다.

"약과 돈은 손에 넣었다."

린이 그 말을 덧붙였다. 지폐 다발과 케이스에 든 하얀 분말을 꺼내 마작 탁자 위에 가볍게 내던졌다.

그들이 시킨 대로 돈과 마약을 빼앗아왔다. 결과적으로 노마파의 거래를 방해하긴 했다. 목적을 달성했기에 계획은 성공했다고 할 수 있겠지.

그러나 둘이 부상을 입었다. 마냥 기뻐할 수는 없었다.

"그 차량 운전자는 누구냐?"

중국인 하나가 물었다.

"글쎄?"

린은 고개를 갸웃거렸다. 정말로 모르겠다. 본 적이 없는 차였고, 그때 운전석을 느긋하게 관찰할 여유도 없었다. 기습하다가 기습을 당했기에 모두가 혼란에 빠졌다. 도망치는 데 급급해서 차량번호를 외워둘 여유도 없었다.

"그 녀석, 혹시…… 니와카자무라이?"

다른 중국인이 마치 괴담을 언급하듯 겁에 질린 말투로 요상한 말을 내뱉었다.

"맞아."

다른 남자도 동조했다.

"틀림없어. 니와카자무라이의 짓이야."

"우리, 니와카자무라이한테 몰살당할 거다."

중국인들이 소란을 떨기 시작하자 린이 강한 어조로 부정했다.

"아냐. 그럴 리가 없잖아."

그건 반바가 아니었다. 니와카자무라이가 그런 식으로 사람을 죽일 리가 없었다.

그러나 중국인들은 믿으려고 하지 않았다.

"그건 모르지."

"맞아."

"니와카자무라이가 우릴 죽이러 왔어."

저마다 불안해하며 목소리를 높였다.

아냐. 저건 그 녀석의 짓이 아냐. 린은 니와카자무라이를 잘 알았지만, 이 자리에서 설명할 수는 없었다.

그 대신에 린이 히죽 웃고서 되받아쳤다.

"뭐야, 쫄았냐? 한심한 놈들이구만."

린이 도발적으로 말하자 발끈한 중국인들이 입을 다물고서 인상을 구겼다. 정곡을 찔려서 차마 대꾸하지 못했다. 적대하는 조직이 후쿠오카 최강이라 일컬어지는 킬러를 고용했으니 겁을 먹을 만도 하겠지만.

"……그럼."

불현듯 다른 남자가 입을 열었다.

"네가 어떻게든 해라. 킬러잖아."

"어어, 좋지."

린이 수긍했다. 노마파에게서 빼앗은 지폐 다발을 쥐고서 흔들어 보였다.

"이 돈으로 내가 니와카자무라이를 쓰러뜨려줄게."

린이 호언장담하고서 발걸음을 돌리려고 하자…….

"—잠깐."

중국인이 불러 세웠다.

"뭐야? 무슨 불만 있냐?"

"선금이다."

남자가 린이 들고 있는 지폐 다발에서 절반을 뽑아냈다.

"나머지는 성공보수."

"……쩨쩨한 녀석들이네."

린이 혀를 찼다.

* * *

로스 에세스의 3인조는 계획을 당장 실행에 옮겼다. 프리랜서 판매자인 야쿠인이 중개해줘서 우노 일행은 노마파와 접촉하게 됐다.

우노는 뜨레인따를 데리고서 나카스에 소재한 【10thousand】라는 나이트클럽을 찾았다. 가게에 들어가 가드맨으로 보이는 남자에게 용건을 말하자 왁자지껄한 플로어 안쪽에 있는 개인실 한곳으로 안내해줬다.

그곳에서 이미 남자가 기다리고 있었다.

"야쿠인의 지인이 너희들인가?"

말을 건 남자는 으스대듯 소파에 거만하게 앉아 있었다.

저 남자가 노마파의 키시하라겠지. 몸집은 작지만 태도가 오만하고, 화려한 정장을 차려입은 그 모습은 왠지 돈 라미로를 연상케 했다.

"우노라고 불러다오."

우노가 이름을 밝힌 뒤 옆에 있는 남자를 가리켰다.

"이쪽은 뜨레인따."

"키시하라다."

상대가 대답했다.

"잘 부탁한다."

상대와 악수를 나눈 뒤 맞은편에 앉았다.

키시하라의 배후에는 부하로 보이는 검은 옷 남자 몇 명이 서있었다. 그리고 묘한 가면을 쓴 키가 큰 남자도 서있었다.

"그래서 용건이 뭐야?"

키시하라가 자신의 잔에 술을 따르면서 말했다.

"빙빙 돌려 말하는 거 질색이거든. 단도직입으로 말해다오."

우노가 고개를 끄덕이고서 본론을 말했다.

"당신과 함께 사업을 하고 싶다."

"그래서?"

키시하라가 몸을 내밀고서 계속 말하라고 재촉했다. 흥

미가 있는 듯했다.

"우리는 현재 멕시코에서 사업을 벌이고 있는데, 앞으로는 전 세계로 시야를 넓힐 생각이야. 이 도시를 거점으로 신규 루트를 개척하고 싶다. 노마파도 협력해준다면 우리한테 꽤 도움이 될 텐데."

"협력? 우리한테 뭘 시킬 작정이야?"

"당신이 갖고 있는 일본 국내의 유통 루트를 우리도 썼으면 한다. 물론 그에 상응하는 대가를 지불하겠다."

"……과연."

우노가 말을 계속 이었다.

"게다가 당신은 일본 경찰과 사이가 좋다고 들었다. 아군으로 삼으면 마음이 든든하겠지."

키시하라가 고개를 끄덕였다. 경찰 관계자와 연줄이 있다는 이야기가 사실인 듯했다.

"그래서 뭘 팔 작정이야?"

우노가 대답했다.

"우린 뭐든지 취급한다. 코카인과 헤로인도 있어. 허나 앞으로는 마리화나에 힘을 쏟고 싶다. 상품은 이미 후쿠오카에 옮겨 놨다. 호주산 고급품으로 시세보다 수천 엔은 더 높게 받을 수 있는 상품이지."

"오호, 나쁘지 않은 이야기로군."

키시하라가 내켜하는 기색을 보이자 우노가 이 말을 꺼냈다.

"우리와 손을 잡아준다면 당신한테 약소한 선물을 할까 한다."

"선물?"

"노마파와 다투고 있는, 중국인 마약그룹 말이다."

우노가 말하자 키시하라의 표정이 험악해졌다.

"……무슨 소리야?"

"그 녀석들이 약을 넘기라고 성화를 부려서 우린 상품을 중국인한테 흘려보냈다. 허나 최근에 놈들이 일하는 행태가……. 당신도 알고 있지? 설마 노마파의 영역까지 더럽혔을 줄은 몰랐다. 우린 이제 중국인과 장사를 하고 싶지 않아. 거래를 끊을 작정이야. 두 조직의 항쟁에 휘말려 불똥이 튀는 것도 싫으니까."

우노가 말하자 키시하라가 미간을 찡그렸다.

"허나 당신은 그렇지 않겠지. 그 녀석들이 미울 거다. 그래서 한 가지 제안을 하겠다. 오늘 우린 중국인한테 한 가지 통보를 해뒀다.『마리화나 10킬로그램을 마련했으니 가지러 와라』하고. 실제로도 상품을 준비해뒀지. 이제 당신들이 마음대로 해도 된다."

"다시 말해 중국 놈들을 유인해주겠다는 말이냐?"

"그런 셈이지."

우노가 히죽 웃고서 물었다.

"당신은 중국인 일당한테 타격을 가하든, 죽이든 마음대로 해라. 그 후에 상품을 갖고서 돌아가면 되는 거야. 간단하지?"

이 업계에서 판매자는 쓰다가 버리는 기물이다. 노마파라는 비즈니스 파트너를 얻는다면 중국인 판매그룹은 필요 없다. 홍콩에서 마약을 들여와 일본에서 팔아대는 그들은 오히려 향후 적이 되겠지.

노마파에게 그들을 넘기면 장해물을 알아서 제거해줄 것이다. 일석이조였다.

키시하라는 말귀를 알아먹지 못하는 남자가 아니었다. 만족스러워하며 "좋지" 하고 수락했다.

노마파와 교섭을 마치고서 우노 일행은 【10thousand】를 떠났다. 인적이 없는 뒷골목으로 나왔을 즈음에 우노가 곧바로 전화를 걸었다. 상대는 별동대 오초였다.

"잘 됐다. 그쪽은 어때?"

노마파와 교섭을 벌이고서 얻어낸 결과를 보고하자 오초가 환한 목소리로 대답했다.

『어어, 이쪽도 잘 됐다. 중국 놈들이 완전히 속아 넘어

갔어.』
 우노가 전화를 끊고서 의기양양하게 웃었다.
 계획이 순조롭게 진행됐다.

6회 말

 기습을 당하여 마약 거래가 실패한 것은 솔직히 일개 스파이인 마르티네스에게는 아무렇든 상관없었다. 목숨을 건졌고, 빼앗긴 현금도 타인의 것이었다. 자신은 실제로 아무 손해도 보지 않았다.
 가능하다면 이대로 노마파와의 인연을 끊어버리고 싶었지만, 그럴 수도 없었다. 아직도 리카르도의 감시하에 놓여 있기에 잠입수사를 계속해야만 했다.
 마약을 손에 넣지 못한 채 순순히 물러난다면 노마파가 자신의 정체를 수상쩍게 여길 가능성도 있었다. 거래를 하다가 습격을 받았다며 키시하라에게 불평 한 마디쯤 내뱉고서 다음 거래를 재촉해야 할 필요가 있었다.

키시하라에게 연락을 넣었더니 현재 교섭을 위해 【10thousand】라는 나이트클럽을 찾았다고 했다. 마르티네스도 그와 만나기 위해 곧바로 그곳으로 발걸음을 했다.

아마도 이 클럽은 노마파 관계자가 경영하는 가게인 듯 했다. 마르티네스는 가드맨의 안내를 받아 클럽 내 VIP용 개인실로 향했다.

방 안에는 키시하라와 몇몇 부하가 있을 뿐 반바의 모습은 보이지 않았다. 주변을 둘러보면서 마르티네스가 물었다.

"오늘은 그 보디가드가 없나?"

"보디가드?"

브랜디가 든 잔을 한손에 든 채 키시하라가 고개를 갸웃거렸다.

"거 있잖아. 요상한 탈을 쓴 남자 말이야."

말뜻을 이해했는지 키시하라가 목소리가 높였다.

"아아, 그 녀석은 보디가드가 아냐. 킬러야."

"오호."

이미 알고 있었다.

"킬러라."

"급한 용무가 생겼다며 지금은 나갔다. 누가 호출한 모양이야."

잡담은 이쯤하기로 하고 마르티네스가 본론에 들어갔다.

"……그나저나 지독한 꼴을 당했어."

마르티네스가 키시하라와 마주보듯 검은 가죽 소파에 앉았다. 그러고는 커다란 몸을 등받이에 기댔다.

"부하한테서 얘기는 들었다. 거래하던 중에 기습을 당했다더군."

그 현장에는 마르티네스 말고 두 야쿠자가 있었다. 그런데 하나는 총탄에 머리가 꿰뚫려 즉사했다. 나머지 하나는 급소를 피했는지 목숨만은 건졌다고 했다. 지금쯤 뒷골목 의사가 체내에 박힌 총알을 빼내고 있겠지.

"하마터면 나까지 죽을 뻔했다고."

마르티네스가 짐짓 역성을 냈다.

"돈이랑 물건까지 죄다 빼앗겼어. 이게 대체 어떻게 된 거야, 나 참."

"너희들을 습격했던 패거리는 아마도 중국인 마약그룹일 거야."

"……중국인이라고? 설마 저우의 동료인가?"

고문했던 중국인이 떠올랐다.

"맞아."

키시하라가 수긍했다.

"우리 조직한테 보복할 생각이었겠지."

키시하라의 말이 맞는다면 린은 중국인 그룹에게 고용

됐다는 뜻이었다. 적대조직인 노마파를 보복하는 일을 거들었나?

아니, 잠깐만. 마르티네스가 미간을 찡그렸다.

—그 노마파는 킬러로 반바를 고용했다.

신께서 장난이 짓궂군. 마르티네스가 속으로 한숨을 내쉬었다. 그 둘이 서로 적대하는 두 조직에 각각 붙다니. 성가신 일이 벌어지지 않았으면 좋겠는데.

그러나 그보다도 지금은 자신의 일을 해야만 했다.

"기껏 한몫 챙길 수 있을 줄 알았더니만. 이래서야 얘기가 다르다고. 큰 손해를 봤잖아?"

내 30만 엔을 돌려내, 하고 가볍게 째려보자 키시하라가 쓴웃음을 지었다.

"뭐, 진정해. 중국 놈들은 확실히 처치하마. 앞으로는 습격하지 않겠지. 안심해다오."

키시하라가 말을 이었다.

"게다가 30만 엔쯤은 금세 만회할 수 있을 테니까."

"……무슨 의미야?"

마르티네스가 고개를 갸웃거리자 키시하라가 씨익 웃었다.

"앞으로 더 큰 일거리가 생긴다. 멕시코 카르텔 패거리가 손을 잡지 않겠느냐고 타진해왔어."

"멕시코, 카르텔?"

"그래. 놈들이 후쿠오카에서 사업을 시작할 생각이라더군."

카르텔의 아시아 진출―. 마르티네스는 리카르도가 했던 말을 떠올렸다.

DEA가 원할 것 같은 정보였다. 조금 더 깊숙이 캐볼까?

"어떤 녀석이야?"

마르티네스가 물었다.

"나도 옛날에 멕시코에 있었던 적이 있어. 내가 아는 녀석들일지도 몰라."

"글쎄?"

키시하라가 미간을 찡그렸다.

"녀석들이 누군지는 모르겠어. 친한 판매자가 소개해줬지. 2인조 남자가 내게 접촉해왔다."

"이름은?"

"우노와 뜨레인따라고 하더군. 하나는 일본인처럼 보이는 듯도 싶었고, 나머지 하나는 히스패닉계겠지."

"우노와 뜨레인따? 뭐야, 그게."

숫자『1』과『30』을 나타내는 스페인어였다. 마르티네스는 웃기는 가명이라며 웃었다.

"그 녀석들이 친선의 뜻으로 마리화나 10킬로그램을 파격적인 가격으로 나눠주겠다는군. 인원이 부족하니 너도 그걸 팔아줬으면 좋겠군. 너희 판매자들도 앞으로 바빠질 거다."

키시하라가 부탁하자 마르티네스는 "돈이 되는 얘기라면 얼마든지 환영이지" 하고 입꼬리를 올렸다.

"―그래서?"

마르티네스가 은근히 물었다.

"언제야? 그 녀석들과의 거래가?"

"오늘 밤."

"오늘 밤? 거참 성질들이 급하군."

"맞아. 오늘 밤 3시에 선셋 파크에 오라고 하더라."

선셋 파크는 하카타 부두에 있는 바다에 면한 공원이다. 놀이기구가 있는 시설은 아니지만, 공원을 에워싸듯 벽돌무늬 산책로가 정비되어 있어서 지역 주민이 조깅 코스나 낚시터로 애용했다. 야자수가 늘어서 있는 그 널찍한 부지는 이따금씩 음악 페스티벌의 행사장으로도 쓰였다.

"공원 안에 하얀 탑 같은 기념물이 있다. 거기서 카르텔 일당과 접선할 예정이야. 녀석들이 배로 거기까지 상품을 옮겨준다고 했으니 부하들을 시켜 가져오게 할 거다."

"그래? 잘 됐으면 좋겠군."

마르티네스의 입에서 마음에도 없는 소리가 자연스럽게

새어나왔다.

  그들의 사업을 망치기 위해 자신이 이렇게 암약하고 있었다. 스파이 노릇이 익숙해졌구만, 하고 마르티네스는 내심 쓴웃음을 지었다.

＊ ＊ ＊

  리카르도는 나이트클럽 【10thousand】에서 조금 떨어진 코인주차장에 검은 밴을 세워두고서 대기했다. 자체 앞부분이 조금 찌그러졌다. 아까 입체주차장에서 사람을 치었기 때문이었다.

  운전석에서 기다린 지 20분 뒤에 마르티네스가 돌아왔다.

"—어떻게 됐어?"

리카르도가 묻자 마르티네스가 들뜬 목소리로 대답했다.

"수확이 있었어."

그가 조수석에 앉고서 보고를 계속했다.

"멕시코 카르텔 멤버가 후쿠오카에 왔다는군."

"뭐라고?"

리카르도가 눈을 동그랗게 뜨고서 몸을 내밀었다.

"어느 카르텔?"

"그건 몰라."

마르티네스가 쓴웃음을 지었다.

"키시하라의 얘기에 따르면 우노와 뜨레인따라는 남자가 노마파와 접촉했대. 키시하라와 만나고서 거래를 제안했다는군."

"우노, 뜨레인따……."

그 이름을 들은 적이 있었다.

"……설마 로스 에세스?"

"로스 에세스?"

마르티네스가 고개를 갸웃거렸다.

"그게 뭐야?"

"베라크루스 카르텔이 붕괴된 후에 생긴 조직이야. 라미로 산체스한테 심취했던 하부 조직원들이 결성했다는군."

베라크루스 카르텔— 9년 전까지 리카르도가 잠입했던 조직이었다. 돈 라미로의 오른팔이었던 알렉스가 배신하여 괴멸했고, 간부 대부분이 현재 형무소에서 살고 있었다.

"……그랬군. 그래서 S^(에세스)였나?"

마르티네스가 떨떠름한 얼굴로 중얼거렸다.

알파벳 S를 스페인어로 「에세」라고 한다. 에세스는 그 복수형이다.

"놈들한테는 각각 숫자 코드네임이 부여되어 있어."

그렇기에 우노와 뜨레인따는 로스 에세스 인간일 가능

성이 높았다.

"숫자가 적을수록 고참이지."

"그렇다면 우노라는 녀석은 상당한 중역이라는 뜻이잖아?"

"그래. 아마도 조직 창설 멤버겠지."

리카르도가 그렇게 말하고서 마르티네스에게 보고를 계속하라고 재촉했다.

"그래서 놈들의 목적은?"

"키시하라가 마리화나를 나눠받는다고 했어. 패거리가 후쿠오카에 밀수한 모양이야."

"그렇군."

그들의 노림수가 보였다.

"놈들은 마리화나 비즈니스를 주요 사업에 넣을 작정인가?"

"마리화나라……."

마르티네스가 의아애하며 고개를 갸웃거렸다.

"일본에서 장사를 할 거라면 각성제나 허브 쪽이 더 잘 팔리지 않아?"

"일본에서만 장사하겠다는 게 아냐. 후쿠오카를 통해 전 세계에 상품을 팔 작정이야. 마리화나는 합법화된 나라도 있어서 생산하기가 쉬워."

"마약을 합법화하다니 제정신들이 아니구만."

정말이지 맞는 말이다. 리카르도는 드물게도 이 남자와 같은 의견이었다.

"마리화나는 전형적인 게이트웨이 드러그야. 딴 약물에 비해 의존성이 적다고는 하지만, 해가 없을 리가 없어. 마리화나 중독자가 범죄를 저질렀던 사례 따윈 썩을 만큼 많다고."

놈들은 그러한 마약을 이 후쿠오카에 대량으로 뿌릴 작정이었다.

로스 에세스는 DEA가 점찍은 조직 중 하나였다. 간부 모두가 지명수배범이었다.

이 기회를 놓칠쏘냐.

"로스 에세스 놈들을 붙잡고서 약을 몰수한다. 거래날짜를 캐와."

"벌써 캐냈다."

마르티네스가 득의양양하게 대답했다.

"시간은 오늘 밤 3시. 장소는 하카타 부두의 선셋 파크야."

리카르도가 손목시계를 쳐다봤다. 현재 시각이 23시. 거래까지 시간이 그리 많이 남지 않았다.

"근데 어쩔 셈이야?"

마르티네스가 물었다.

"설마 너, 홀로 거래 현장에 쳐들어가는 바보 같은 짓을 할 생각은 아니겠지?"

제아무리 소수라고 해도 로스 에세스는 무력 항쟁을 거듭해온 흉악한 범죄조직의 멤버들이다. 맨손으로 이 도시에 왔을 리가 없다. 더욱이 현장에는 노마파 조직원도 동석할 것이다. 혼자서 대적할 수 있을 리가 없겠지.

"알고 있어."

그러나 거래까지 앞으로 네 시간밖에 남지 않았다. 지금부터 모국에 있는 DEA본부에 응원을 요청하여 전용 제트기를 타고 날아온다고 해도 약속 시간에 맞출 수 없었다. 동료들이 이쪽에 도착할 즈음에는 로스 에세스와 노마파의 거래는 진즉에 끝났겠지. 리카르도와 마찬가지로 도쿄나 오사카에 체류하고 있는 수사관에게 협력을 부탁해본들 역시나 물리적으로 버거웠다.

이렇게 된 이상 마약단속부의 후쿠오카 지부나 후쿠오카 현경의 조직범죄 대책과를 의지하는 수밖에 없겠지. 일본 수사기관을 통하면 번거로운 절차를 거쳐야 하므로 되도록 비밀리에 처리하여 놈들의 신병을 본국으로 보내고 싶었지만, 어쩔 수 없었다.

"후쿠오카 현경한테 협력을 요청하겠다."

리카르도가 말하고서 곧바로 품속에서 핸드폰을 꺼냈다.

그런데.

"아니, 그건 관두는 편이 좋아."

마르티네스가 리카르도의 손을 쥐고서 고개를 가로저었다.

리카르도가 미간을 찡그렸다.

"왜?"

"노마파 키시하라가 내게 보수를 지불하면서 그랬지. 『경찰한테 늘 지불하는 세금에 비하면 싼 편이야』라고."

세금— 다시 말해 뇌물을 말하는 거겠지.

"수사기관 내부에 노마파의 입김이 닿는 인간이 있다는 말인가?"

"그렇겠지."

"거기가 무슨 멕시코 시경이냐."

"악덕 경관은 어느 나라에나 다 있다고. 어쨌든 네가 경찰에 협력을 요청한다면 노마파를 통해 로스 에세스한테도 정보가 훤히 새어나갈 거다. 거래를 관두고서 곧바로 철수하겠지."

"그럼 어쩌라는 말이야."

리카르도가 짜증스럽게 말했다. 본인의 머리를 싸쥐고서 마구 헝클어뜨렸다.

DEA도, 일본 경찰도 의지할 수가 없었다. 사방이 다 막

했다.

"이렇게 된 이상 우리끼리 할 수밖에 없겠구만."

마르티네스가 간단하게 말했다. 그러나 그게 가능했다면 고생도 하지 않았겠지.

"고작 둘이서 놈들을 죄다 붙잡을 수 있을 리가 없잖아."

"어떻게든 될 거야."

마르티네스가 씨익 웃었다.

낙천적인 그 발언에 리카르도는 한숨을 내쉬었다.

"라틴계 인간이 하는 말은 하나도 들어맞질 않아."

"자기도 라틴계면서."

마르티네스가 되받아쳤다.

"내 피의 절반은 일본인이고, 애당초 난 미국인이다."

"멕시코계 미국인이겠지. 네 몸에는 어엿한 라틴의 피가 흐르고 있어." <small>메히코 아메리카노</small>

"네놈보다는 옅어."

"아— 그렇습니까—?"

시답잖은 말다툼을 벌일 때가 아니었다. 리카르도가 이야기를 되돌렸다.

"무슨 계책이라도 있나?"

"어, 내게 맡겨둬."

마르티네스가 득의양양하게 말했다.

7회 초

하카타 부두에서 가까운 중앙 부두 창고 구역에 소재한 한 건물을 로스 에세스는 마약 보관처 겸 아지트로 이용하고 있었다. 이미 폐업한 공장인지 한산한 이 공간에는 못과 쇠파이프 등 고철이 여기저기 굴러다녔다. 그 중앙에는 우노 일행이 옮겨 놓은 대량의 골판지 상자가 늘어서 있었다. 내용물은 전부 불법 약물이었다.

로스 에세스 3인조는 아지트 안에서 각자 자유롭게 시간을 보냈다. 뜨레인따는 무기를 손질하는지 끝이 뾰족한 카빙 나이프를 갈고 있었다. 오초는 기타 케이스에 앉아 한가롭게 시가를 피웠다.

우노는 통화 중이었다.

"―그래? 알겠다. 그럼 이따가 만나지."

그가 전화를 끊자 오초가 시가를 피우면서 말을 걸었다.

"누구 전화였어?"

"키시하라."

통화상대는 거래 상대 중 하나인 노마파의 간부 키시하라였다.

"기습 준비가 다 됐다더군. 거래를 예정한 대로 결행한다."

"그거 잘 됐구만."

한 가지 문제가 해결됐다. 이로써 다음 단계로 나아갈 수 있다.

"좋아, 얼른 싣자고."

우노가 마리화나가 담긴 골판지 상자를 쳐다봤다.

바다에 면한 멕시코의 항구도시를 거점으로 삼고 있기에 로스 에세스는 마약을 운반하는 데 해로를 이용하는 경우가 많았다. 그들은 후쿠오카에서도 마찬가지로 배를 사들여서 이용했다. 정원은 일곱 명, 총길이가 7미터쯤 되는 작은 낚싯배였다. 그러나 10킬로그램짜리 마리화나쯤은 여유롭게 옮길 수 있었다.

우노 일행이 아지트에 보관했던 마리화나를 그 배에 실었다.

"이거 정말로 싼값에 넘길 거냐?"

비닐봉지에 담긴 건조 대마를 옮기면서 오초가 아쉬운 투로 말했다.

"10킬로그램이나 되는데? 시세대로 팔면 5천만 엔 이상은 벌 수 있을 텐데?"

"눈앞의 이익에 연연해하지 마, 오초. 이건 시식용이야. 우선 맛부터 보게 해야 우리 상품이 얼마나 좋은지 알 수 있겠지."

시세보다 수천 엔이나 비싼 마리화나를 느닷없이 시장에 유통해본들 고객이 사줄 리가 만무했다. 우선은 시식해볼 수 있도록 싸게 풀어서 상품에 관한 평판을 퍼뜨리는 것이 목적이었다. 마약 장사는 단골에게 의지하는 사업이었다. 한번 맛을 보면 틀림없이 중독될 것이다. 고객은 다음 상품을 갈구하겠지. 이번에는 상황을 그렇게 조성하기 위한 선행투자였다.

그로부터 몇 분 뒤······.

"―이게 마지막이야."

안고 있던 골판지 상자를 배에 싣고서 오초가 말했다.

10킬로그램짜리 마리화나와 기타 케이스, 예비 무기를 전부 다 실었다. 오초가 계선주(係船柱)에 걸터앉아 한 모금 피우고자 시가를 꺼냈다.

이제는 거래시간이 다가오길 기다리기만 하면 된다. 시

간이 되면 선셋 파크까지 상품을 옮긴 뒤 중국인과 접선한다. 그 현장에 노마파 패거리가 나타나 중국인을 처치한다. 방해꾼을 없앤 뒤 새로운 비즈니스 파트너를 확보한다.

거래하기까지 아직 시간이 있었다. 잠시 눈이라도 붙일까? 하고 우노는 폐공장 벽에 등을 기댔다.

* * *

야밤에 린은 홀로 공원 벤치에 앉아 있었다.

반바 탐정 사무소에서 가까워서 이 공원에서 곧잘 캐치볼을 하곤 했다. 평소에는 아이들이 왁자지껄 뛰어노는데, 지금은 밤이 늦어서인지 린 말고 다른 사람의 모습은 보이지 않았다.

린은 반바의 핸드폰에 이 공원에 오라고 메시지를 남겼다.

벤치에 앉아 한동안 기다리니 차량 엔진 소리가 들려왔다. 뒤이어 남자의 발소리가 가까워졌다.

"—왔나."

린이 중얼거리고서 벤치에서 일어섰다.

가로등이 비추는 어스레한 불빛 아래에 반바의 모습이 보였다. 공원 입구에 애마인 미니쿠페를 주차하고서 이쪽으로 걸어왔다. 여전히 슈트 차림이었지만, 니와카 탈은

쓰지 않았다. 어깨에는 배트 케이스를 메고 있었다. 그 안에는 애용하는 일본도가 들어 있겠지.

반바가 무표정한 얼굴을 유지한 채 차가운 목소리로 물었다.

"무슨 용건이지?"

린이 그와 대면하고서 입을 열었다.

"니와카자무라이를 어떻게든 처리하라는 의뢰를 받았어. 네가 방해가 된다고 말이야."

린이 말하자 반바가 미간을 살짝 찡그렸다.

자기 일을 방해하지 말라고 부탁해본들 반바가 잠자코 따라줄 리가 없었다.

그러나 아무리 의뢰라고는 해도 역시나 동료를 죽일 수는 없었다. 모든 것이 다 끝날 때까지 사무소 안에 얌전히 있게 할 작정이었다. 자기 일을 방해하지 못하도록 구속하여 감금해두마. 다소 아프긴 하겠지만.

"그래도 뭐, 목숨만은 살려줄게."

그 말을 하자마자 린이 움직였다. 발을 힘차게 내딛어 거리를 좁혔다. 순식간에 반바의 품속으로 파고든 뒤 기절시키고자 명치에 주먹을 내질렀다.

그러나 공격이 적중하지 않았다. 반바가 손바닥으로 막아냈다. 그러고는 린의 주먹을 감싸듯 쥔 채로 입을 열었다.

"놀아줄 여유 없어."

"피차 마찬가지."

린이 대답하자마자 반대 팔을 휘둘렀다. 얼굴을 노리려고 하자 반바가 가드를 올렸다. 린이 걸렸구만, 하고 히죽였다. 왼손은 속임수였다. 반바의 몸통이 텅 비자 오른 주먹으로 복부를 가격하려고 했을 때였다.

린의 핸드폰이 울리기 시작하자— 거의 동시에 『나가라, 보라매 군단』의 전주(前奏)가 들려왔다. 반바의 핸드폰도 울렸다. 린뿐만 아니라 반바에게도 전화가 걸려 온 듯했다.

두 사람은 동작을 뚝 멈추고서 핸드폰을 잡았다.

"누구야! 지금 한창 바쁘거든!"

통화버튼을 누르자마자 불평을 내뱉었다.

『나야.』

중국인 그룹의 남자의 목소리가 들렸다.

"뭐야, 무슨 일이야?"

린이 짜증스러운 목소리로 물었다. 지금 바쁘다고. 방해하지 마라.

"용건을 5초 안에 말해."

『지금부터 선셋 파크로 간다.』

"……뭐?"

─선셋 파크?

뭔 얘기야? 린의 눈이 동그래졌다.

『약을 거래할 거다. 너도 와.』

"알겠어."

린이 퉁명스럽게 내뱉고서 통화를 끊었다.

반바도 거의 동시에 통화를 마쳤다. 그러고는 린에게 등을 돌리고서 그대로 떠나려고 했다.

"—야, 어디 가는 거야?"

린이 날카로운 목소리로 불러 세웠다.

"선셋 파크."

반바가 등을 돌린 채로 대답했다.

"뭐라고?"

공교롭게도 같은 곳이었다.

"선셋 파크에 뭐 하러 가냐?"

"안 알려줘."

반바가 그 말을 툭 내뱉었다.

중국인이 약을 거래할 거라며 린을 불렀다. 동시에 노마 파의 키시하라에게 고용된 반바도 선셋 파크에 오라고 호출받았다. 이거 대체 어떻게 돌아가는 거지?

린이 고개를 갸웃거리자 반바가 걸어 나갔다.

"잠깐."

린이 황급히 불러 세웠다.

"내 얘기 아직 안 끝났다고."

저 남자에게 꼭 해둬야만 하는 말이 있었다.

"이제 할 얘기는 없어."

반바의 태도는 부자연스러울 만큼 무뚝뚝했다. 그 야구공을 버려서 아직도 화가 났나 보다.

속이 좁은 남자다. 린이 발끈했다.

"그 태도는 뭐냐. 아직도 애처럼 삐친 거냐?"

"삐치지 않았어."

반바가 외면한 채로 말했다.

"언제까지 꽁해 있을 거냐고. 뒤끝 장난 아니네."

"꽁하지 않았어."

"뻥치네."

"남의 물건을 버리고도 사과하지 않는 사람과는 말을 섞고 싶지 않을 뿐."

"그걸 보고 뒤끝이라고 하는 거라고!"

린이 소리를 질렀다.

"애당초 정리를 제대로 하지 않은 네 탓이잖아!"

"거봐!"

반바가 홱 돌아봤다. 그러고는 린의 얼굴을 가리키며 험악하게 외쳤다.

"꼭 바로 그렇게 남 탓을 하지! 네 그런 점이 마음에 안

들어!"

"뭐라고!"

밤이 깊은 조용한 공원에서 두 사람의 노성이 되울렸다.

"뭐가 남 탓이야. 애당초 네 잘못이 맞잖아!"

린도 뒤질세라 반론했다.

"그리도 소중하다면 버리지 않을 만한 곳에 놔뒀어야지!"

"제대로 놔뒀거든!"

"개뿔! 책상 위에 방치해뒀잖아!"

"그건 장식해둔 거라고!"

"작작 좀 해라! 쳐날려버린다!"

분노가 머리까지 뻗쳤다. 이제 인내심의 한계였다.

"저 고집불통 같으니!"

인근 주민에게 민폐가 될 텐데도 전혀 아랑곳 않고 린이 반바에게 덤벼들었다.

"그건 내가 할 말이다!"

상대도 반격했다. 마찬가지로 왼손을 휘둘렀다.

이내 서로의 주먹이 서로의 뺨에 박혔다.

강렬한 일격이었다. 그 기세에 두 사람 모두 몸이 크게 튕겨졌다. 뇌가 흔들릴 것 같은 충격이 엄습했다.

린과 반바는 동시에 공원 바닥에 뒤로 쓰러졌다.

턱이 빠진 것 같은 격통이 점점 퍼져나가고, 왼뺨이 후끈거렸다.

　몽롱한 의식 속에서 린은 저 위에 펼쳐진 밤하늘을 쳐다봤다. 오늘은 별이 참 아름답구나, 하고 생각했을 즈음에 의식이 갑자기 뚝 끊어져버렸다.

7회 말

 마르티네스는 리카르도의 차를 운전하여 둘이서 후쿠오카 교외로 향했다. 차량 두 대가 지나갈 수 있을 만한 기다란 외길을 쭉 나아가니 오래된 건물이 보이기 시작했다.
 "……뭐야, 여긴."
 리카르도가 물었다.
 "무타가와파라는 야쿠자가 소유했던 창고야."
 마르티네스가 시원한 얼굴로 대답했다.
 무타가와파— 귀에 익은 명칭이었다. 노마파와 적대했던 폭력단이었던가?
 "어째서 이런 델 알고 있지?"
 "내 동료가 예전에 여길 온 적이 있었대. 얘기를 들었어.

무타가와파가 약뿐만 아니라 무기도 밀수해서 돈을 벌었다는데, 모든 상품을 이 창고에 보관하고 있다고."

차량을 건물 앞에 주차했다.

"우선 무기부터 조달해야겠군."

마르티네스가 말했다.

"로스 에세스의 거래를 막으려면 맨손으로는 어려울 테니까."

마르티네스가 차에서 내리자 리카르도도 뒤따랐다. 그러자 마르티네스가 정면이 아니라 창고 뒤편으로 돌아갔다.

"총은 갖고 있나?"

"어."

리카르도가 고개를 끄덕였다. DEA가 지급한 자동권총이 홀스터에 꽂혀 있었다.

"빌려줘봐."

마르티네스가 손을 내밀었다.

"뭐 하는 데 쓰려고?"

질문에 답하지 않고 마르티네스가 리카르도의 외투를 걷어 올린 뒤 총을 빼앗았다.

"이, 이봐—."

그 순간 마르티네스가 창고 창문을 향해 한 발을 발포했다. 유리가 큰소리를 내며 부서졌다.

리카르도가 어리둥절해했다.

"이 멍청이! 무슨 짓이냐!"

"가자고."

가장자리에 붙어 있는 파편을 총신으로 걷어낸 뒤 마르티네스가 창틀에 발을 댔다. 이곳을 통해 침입하려는 듯했다. 리카르도도 마지못해 건물 안으로 발을 디뎠다.

넓은 창고였다. 벽을 따라 골판지 상자가 산더미처럼 쌓여 있었다. 상자 안에는 권총과 라이플, 수류탄, 방탄조끼 등 온갖 물품이 갖춰져 있었다. 마치 군대의 무기고 같았다.

창고 바닥에는 혈흔처럼 생긴 흔적도 대량으로 남아 있었다. 이곳에서 무슨 사건이라도 벌어졌나?

권총이 가득 담긴 골판지 상자를 안고서 마르티네스가 리카르도에게 명령했다.

"자자, 너도 옮겨. 무타가와파 녀석이 오기 전에."

리카르도가 기가 막힌다는 얼굴로 한숨을 내뱉었다.

"……수사관이 절도라니."

"상대는 악당이라고. 신고당할 일 없으니 안심해."

"그런 문제가 아니잖아."

그러자 마르티네스가 코웃음을 쳤다.

"이봐, 이제와 고지식하게 굴지 말라고. 잠입수사관이니 악행에도 익숙할 거 아냐."

그의 말을 듣고서 리카르도가 나직이 중얼거렸다.

"……어, 뭐 그렇지."

그 말이 맞았다. 카르텔에 들어가 잠입수사를 벌였을 때 악행에 손을 댄 적이 여러 번이나 있었다. 정체를 의심하지 않도록 동료와 함께 마약에 취한 적도 있었다. 언제나 악인과 함께 살아가며 범죄 세계에 푹 잠긴 채 살아왔다.

"……가끔은 내가 누군지 모르겠더라."

무심코 속내가 새어 나왔다.

마르티네스가 동작을 멈추고서 그쪽을 쳐다봤다.

리카르도가 조용히 말을 이었다.

"오랫동안 잠입하다 보면 내가 수사관이었다는 사실조차 잊을 것 같아. 내가 착한 놈인지 나쁜 놈인지 스스로도 분간이 안 돼."

어쩌면 자신의 본질은 실제로 카르텔 패거리와 다름이 없지 않을까? 계기만 있다면 쉽사리 악의 길로 굴러떨어지지 않을까? 잠입수사를 할 때면 늘 그러한 불안감이 따라다녔다. 위조 신분에 삼켜져 언젠가 스스로를 잃어버리지 않을까, 하고.

리카르도가 고개를 흔들었다. 한심스러운 푸념을 내뱉고 말았다며 "잊어줘" 하고 마르티네스가 말했다.

"복잡하게 생각하지 마."

그가 가볍게 웃어넘겼다.
"Viva la vida." [인생 만세]

그러고는 한쪽 눈을 찡긋 감았다.

"즐겁게 살자고."

리카르도가 어깨를 들먹였다.

"……라틴 놈."

* * *

무기는 손에 넣었다. 다음은 인원이었다.

이번 거래 현장에 후쿠오카에 파견된 로스 에세스의 멤버인 우노와 뜨레인따 둘과, 10킬로그램짜리 마리화나를 운송할 노마파 조직원까지— 적어도 일고여덟 명은 모이리라 마르티네스는 짐작했다. 고작 둘이서 쳐들어가기에는 왠지 불안했다. 인원이 더 필요했다.

무타가와파 창고에서 총과 방탄조끼 등을 꺼내 차량에 실었을 즈음에 마르티네스는 반바와 린에게 연락을 넣었다. 그 둘이 도와준다면 천군만마. 제아무리 상대가 전투에 익숙한 카르텔 마약상일지라도, 적의 숫자가 우세할지라도 우리가 자랑하는 2루수와 유격수를 당해내지 못하겠지.

그런데 아무리 전화를 걸어도 두 사람은 응답하지 않았

다. 둘 다 연결음만 계속 이어졌다. 한창 일을 하는 중인가? 반바는 노마파에게, 린은 중국인 그룹에게 고용됐다. 지금 손을 뗄 수가 없는 상황인가?

하는 수 없이 마르티네스는 다른 방책을 생각했다. 이렇게 된 이상 질보다는 양이다. 숫자로 상대를 압도할 수밖에 없었다.

마르티네스는 무타가와파 무기고에서 나온 뒤 리카르도를 데리고서 오야후코 방면으로 향했다.

차로 이동한 지 수십 분. 2층짜리 싸구려 아파트에 도착했다.

리카르도가 낡은 건물을 올려다보고는 미심쩍어하며 물었다.

"……여긴 뭐야?"

"외국인용 아파트야. 집주인이 불법 입국자한테 집을 싸게 빌려주지. 5평쯤 되는 방에 열 명이 다닥다닥 살고 있어. 나도 옛날에 여기서 살았지. 전에 말했지?"

새로운 신분을 얻고서 후쿠오카로 온 마르티네스는 한동안 이 아파트에서 다른 외국인과 공동생활을 했다. 아마도 지금도 저곳에는 외국인들이 살고 있겠지.

그중 한 집— 101호실 문 앞에 섰다.

"리코, 네 배지 좀 빌려줘봐."

"싫은데."

마르티네스가 부탁했지만, 리카르도가 일축했다.

"왜?"

"어차피 또 이상하게 써먹을 거 아냐?"

리카르도가 노려봤다. 무타가와파의 창고에서 느닷없이 권총을 빼앗아서 총을 갈긴 일 때문에 아직도 심통이 난 듯했다.

"됐으니까 빌려달래도!"

"앗, 야, 이 자식!"

마르티네스가 리카르도의 허리 벨트에 채워져 있는 DEA 신분증을 빼앗은 뒤 아파트 문을 발로 찼다.

그러고는 억지로 집 안으로 쳐들어간 뒤에 외쳤다.

"꼼짝 마! 경찰이다!"

무타가와파에서 훔친 총을 오른손으로 들고 겨누며 반대 손으로는 리카르도의 배지를 높이 들어 보였다.

손님이 갑자기 출현하자 아파트 주민들이 화들짝 놀랐다. 아시아인부터 라티노, 중동계까지 여러 국적의 외국인들이 눈을 희번덕거리며 당황했다.

"너희들을 불법입국 용의자로 체포한다!"

마르티네스가 계속해서 외쳤다.

배후에 있던 리카르도가 마르티네스의 기행을 보고 어

이없어했다. 대체 무슨 짓이야? 하고 도끼눈을 떴다.

"됐으니까 내 말에 맞춰."

마르티네스가 귓속말을 하자 리카르도가 마지못해 총으로 겨누고서 외국인에게 명령했다.

"손들고서 순순히 따라."

집 안에 있던 외국인 열 명이 순순히 두 손을 들었다.

"―자, 여러분. 내 말을 잘 들어."

마르티네스가 총으로 겨눈 채로 본론에 들어갔다.

"너희들은 이대로 구속되면 전원 조국으로 강제 송환된다. 그리되면 곤란하겠지?"

마르티네스가 말하자 외국인들이 두려워하며 수긍했다.

"그래서 말이야."

마르티네스가 목소리를 높였다.

"우리의 수사에 협력해준 사람한테 아량을 베풀어줄까 한다. 불법으로 체류했다는 걸 눈감아주고, 약소한 보수도 지불하마. 그래…… 한 사람당 십만 엔 어때?"

그 말 한마디에 그들의 낯빛이 바뀌었다. 가난뱅이 외국인에게 십만 엔은 큰돈이었다.

드디어 마르티네스의 생각을 짐작했는지 리카르도가 "너, 이 자식, 제정신이냐?" 하고 놀랐다.

마르티네스가 아랑곳하지 않고 말을 계속했다.

"협력할 마음이 있는 사람은 제자리에 무릎을 꿇도록."

외국인들이 모두 시키는 대로 했다.

"오케이, 착한 아이들이군."

마르티네스가 이를 드러내며 웃었다.

"지금부터 너희들한테 총과 방탄조끼를 지급하겠다. 일일 수사관이 돼서 우리의 임무를 지원해다오. 걱정할 거 하나 없어. 임무는 간단해. 멀리 떨어진 현장에서 악당들을 당당히 포위하고서 총으로 놈들을 겨누기만 하면 돼. 발포할 필요도 없어. 금세 끝나. ―거봐? 간단하지?"

그 말을 듣고 외국인들이 모두 순순히 수긍했다.

"잠깐만."

반론을 제기한 사람은 리카르도뿐이었다.

"이 녀석들을 써먹을 생각이냐?"

"어, 맞아."

"농담이지? 민간인이라고."

"모두 외국인이라서 딱 좋아. 하얀 펜으로 방탄조끼에 DEA라고 쓰고서 녀석들한테 입히면 마약 수사관처럼 보이겠지."

리카르도가 머리를 싸쥐었다.

"또 어린애 눈속임 작전을……."

9년 전에 리카르도를 호텔 종업원으로 변장시켜 무사히

도피시킨 적이 있었다. 이번에는 저 외국인들을 DEA 수사관으로 변장시킬 작정이었다. 이번에도 필시 잘될 것이다.

"리코, 잘 들어."

마르티네스가 작전 수순을 설명했다.

"나와 너 둘이서 적한테 접근해. 이 녀석들은 먼 곳에서 총을 들고서 놈들을 포위하는 거야. 저항했다가는 총탄에 맞으리라 우려하고서 카르텔 놈들이 순순히 잡혀줄 거다."

리카르도가 인상을 찡그렸다.

"믿기지가 않는군……. 너, 바보냐?"

리카르도가 작전을 폄하하자 마르티네스가 발끈했다.

"뭐야, 그럼 다른 방안을 내보던지?"

"없어."

리카르도가 짜증스러운 목소리로 반박했다.

"하지만 말이야. 이게 최선책이 아니라는 건 확실해."

"늘 최선책만 쓸 수는 없지. 그게 인생이야."

마르티네스가 강한 어조로 말했다.

"그만 주절거리고 이제 결심해."

시간도 없었다. 이제 돌이킬 수가 없었다.

"……넌 이게 재밌냐? 빌어먹을."

마르티네스의 얼굴을 힐끗 보고서 리카르도가 혀를 찼다.

"네놈의 그런 면이 딱 질색이야."

8회 초

심야 2시가 넘어 우노 일행은 낚싯배를 타고서 하카타 부두로 향했다. 오늘 밤 하카타만은 고요하고, 파도도 잠잠했다. 큰 소음이 나지 않도록 새카만 바다 위를 서서히 나아가자 잠시 뒤 목적지인 부두가 보이기 시작했다.

선셋 파크에 도착하고서 그들은 배를 정박했다. 기타 케이스를 한손에 들고서 낮은 울타리를 넘어 바다 위에서 육지로 이동했다.

역시나 이 시간에는 산책로로 에워싸인 공원에 사람이 없었다. 정적에 휩싸여 있었다. 공원 옆에는 풋살장이 있는데, 영업시간이 진즉에 지났는지 조명도 캄캄했다. 그 맞은편에는 입체주차장과 붉은 탑— 하카타 포트 타워가 보였다.

 우노의 바로 눈앞, 공원 구석에는 하얀 기념물이 세워져 있었다. 저곳이 약속 장소였다. 거래시간까지 아직 시간이 남아 있었다. 우노와 오초는 적재된 짐을 내리는 작업에 착수했다. 배 위에 있는 오초가 골판지 상자를 넘겨주면 육지에 있는 우노가 산책로에 쭉 깔았다. 뜨레인따는 뱃전에 기대어 몸을 밖으로 내밀고서 토악질을 해댔다.

 잠시 뒤…….
 "……야, 뜨레인따는 어디 갔냐?"
 오초가 불현듯 작업을 멈추고서 물었다.
 아까 전까지만 해도 배 위에 쪼그리고 있었던 뜨레인따가 어느새 사라졌다.
 우노가 턱으로 배 안에 설치된 간이 화장실을 가리켰다.
 "화장실에 있는 거 아냐?"
 "그 녀석, 아직도 토하냐? 얼른 돕기나 하지."
 오초가 투덜거리면서 배에서 내렸다. 그 순간—.
 "—꼼짝 마!"
 갑자기 누군가가 외쳤다.
 "DEA다! 무기를 버리고 손들어!"
 권총을 든 두 남자가 눈앞에 튀어나왔다. 둘 다 【DEA】라 적힌 방탄조끼를 걸쳤다. 미국 마약수사관이었다.

"너희들은 이미 포위됐다! 저항하면 쏜다!"

수사관이 외쳤다.

우노가 주변을 둘러봤다. 두 수사관 외에도 공원 여기저기에 서있는 야자수 뒤에서 권총이나 라이플로 이쪽을 겨누는 남자들이 보였다. 얼핏 헤아려보니 열 명쯤 됐다. ―자신들을 포위했다.

"이거 큰일 났다, 우노."

오초가 옆에서 혀를 찼다.

이 상황에서 도망치려면 배를 타고서 바다로 나아가는 수밖에 없었다. 그러나 상대는 일본 경찰이 아니라 미국 수사관이었다. 등을 돌렸다가는 가차 없이 저격할 가능성도 있었다.

일단 순순히 따를 수밖에 없었다. 우노가 두 손을 들고서 항복 포즈를 내보였다.

"오초, 시키는 대로 해."

오초도 마지못해 손을 들었다.

두 남자가 우노 일행에게 수갑을 채우기 위해 접근했다.

우노에게 접근한 남자는 탱크톱을 입은 덩치가 큰 흑인이었다. 노출된 팔에 검은 타투가 새겨져 있었다. ―S자를 본뜬 디자인.

그것을 보고서 우노는 놀랐다.

그 타투는 우노도 잘 아는 모양이었다. 베라크루스 카르텔의 보스, 라미로 산체스의 측근이라는 증표였다. 자신의 팔에도 똑같은 게 새겨져 있었다.

어찌된 일이냐? 우노는 고개를 갸웃거렸다. 어째서 DEA 수사관의 팔에 카르텔의 타투가 새겨져 있지?

우노가 그 남자를 봤다. 큰 몸집과 거뭇한 피부와 스킨헤드. 낯선 남자인데도 그의 얼굴이 낯이 익었다.

우노는 과거의 기억을 들춰내다가 퍼뜩 알아챘다.

"너, 설마…… 알렉스냐?"

8회 말

"―너, 설마…… 알렉스냐?"

로스 에세스의 조직원에게 수갑을 채우려고 한 순간, 갑자기 옛날 이름으로 불리자 마르티네스는 심장이 철렁 내려앉았다.

상대를 가까이에서 보고서 마르티네스는 비로소 깨달았다. 낯익은 얼굴이었다. 베라크루스 카르텔 시절에 라미로 산체스의 운전사 노릇을 했던 남자. 일본계이고 이름이 나카무라였던가……. 아니, 무라나카였나? 나카시마? 나카노? 나카이? ……아, 나가이다, 나가이. 떠올랐다.

그보다도 상황이 난처해졌다. 마르티네스는 내심 혀를 찼다. 설마 로스 에세스 안에 카르텔 시절의 지인이 있었을 줄이야. 세심하지 못했다. 9년 전 마르티네스가 밀고하여 자신과 가까웠던 조직 간부들은 대부분 체포됐다. 그래서 신흥 카르텔 안에 자신의 과거를 아는 자가 없으리라 넘겨짚었다.

저 남자는 보스의 측근이라고 할 만한 인물이었지만, 일개 운전사였기에 경찰도 가볍게 처벌했겠지. 카르텔의 업무와는 직접 관련이 없어서 조직에 잠입했던 리카르도와 면식은 없었겠지만, 마르티네스와는 얼굴을 여러 번 마주한 적이 있었다. 저 남자가 운전하는 차량에 돈 라미로와 동승한 적도 있었다. 그가 마르티네스의 정체를 알아채는 게 당연했다.

마르티네스의 정체가 발각된다면 계획에 지장이 생긴다. 이 상황에서는 어쨌든 속여 넘길 수밖에 없었다.

"……알렉스?"

마르티네스가 고개를 갸웃거렸다.

"그게 누구야? 사람 잘 못 본 거 아냐?"

"얼버무리지 마."

상대가 딱 잘라 부정했다.

그가 마르티네스의 팔을 가리키고서 단언했다.

"그 타투는 돈 라미로한테 충성을 맹세했다는 증표야. 내 몸에도 같은 게 있다."

남자가 말했던 대로 이 문신만은 변명할 여지가 없었다. 마르티네스는 순순히 인정하기로 했다.

"어어, 맞아. 잠입수사를 했을 때 카르텔 판매자로 완벽히 변신하기 위해 새겼지."

스스로도 썩 괜찮은 변명이구나 싶었다.

이렇게 둘러대니 상대도 입을 다물었다. 마르티네스가 알렉스였다는 확신이 흔들리는 듯했다. 이대로 딱 잡아떼면 잘 넘어갈 수 있을지도 모르겠다고 마르티네스는 안도했다.

그런데.

"―아니, 잠깐."

또 다른 남자가 불현듯 말했다.

"나도 이 얼굴을 본 기억이 있어!"

마르티네스의 얼굴을 가리키며 큰소리로 외쳤다.

"저 녀석, 알렉스 맞아! 베라크루스의 바르에서 내 파트너한테 집적거렸다고!"

켁. 마르티네스가 얼굴을 찡그렸다. 저 남자, 전직 베라크루스 시경인가? 경관에서 마약상으로 전직했나 보다. 흔한 이야기였다.

"이봐, 그게 진짜야?"

"틀림없어."

그 남자가 고개를 끄덕이고서 마르티네스를 노려봤다.
"저 자식, 그때 감히 내 파트너를 범했다고!"
"그러니까 그건 합의였다니까!"
마르티네스가 그렇게 말하고서 아차 싶었다.
"―아……."
손바닥으로 입을 틀어막았지만 이미 늦었다.
―망했다. 쓸데없는 소리를 지껄였다.
"역시 알렉스 맞잖아!"
두 남자가 동시에 외쳤다.
리카르도가 옆에서 버럭 외쳤다.
"네 놈은 멍청이냐!"
무심코 정체를 드러내고 말았다. 야단났다, 이거. 마르티네스가 미간을 찡그렸다.
"카르텔의 킬러가 수사관일 리가 없다고."
전직 경관이 씨익 웃었다.
"저 녀석들은 죄다 가짜야."
그러고는 자신들을 에워싸고 있는 가짜 수사관들을 향해 큰소리로 외쳤다.
"이 자식들, 하나도 남김없이 몽땅 쳐죽여주마! 목숨이 아깝거든 지금 당장 달아나라!"
그 순간, 가짜 수사관들의 입에서 비명이 들끓었다. 들고 있던 무기를 내던지고서 부랴부랴 줄행랑을 쳤다.

"앗! 야, 도망치지 마!"

마르티네스가 불러 세웠지만 허사였다. 외국인들이 순식간에 모습을 감췄다. 마르티네스와 리카르도 둘만이 그곳에 남겨졌다.

일본계 남자가 기가 막힌다는 투로 말했다.

"수사관들이 죄다 얼간이뿐이로군. 이 부근에 사는 외국인들을 돈으로 고용해서 머릿수로 어떻게든 해보려는 수작이었겠지."

완전히 간파된 듯했다.

"……들켜버렸나."

마르티네스가 중얼거리자 리카르도가 한숨을 내쉬었다.

"왜 긴소매 옷을 입고 오지 않은 거냐, 이 멍청아."

그러나 피차 둘이었다. 머릿수는 호각이지만, 마르티네스와 리카르도는 총으로 저들을 겨누고 있었다. 아직 유리한 상황이라는 점은 변함없었다. 이대로 저 둘을 구속한다면 임무를 완수할 수 있다.

"—그나저나."

일본계 남자가 입을 열었다.

"오랜만이로군, 9년 만인가?"

오랜만에 재회했지만, 상대는 기뻐하는 기색이 조금도

없었다. 오히려 목소리에서 증오가 느껴졌다.

그야 당연하겠지. 저 남자는 객사할 뻔했던 처지에 돈 라미로에게 거둬져 운전사로 일해왔다. 경애하는 돈 라미로를 배신했던 마르티네스를 9년이 지난 지금도 역겨워하고 있으리라.

"만나고 싶었다, 알렉스."

"나도야, 나가이."

"……이치하라다."

전혀 틀렸다.

"실례, 이치하라." ^(디스쿨파)

"딱히 상관없다. 그 이름은 진즉에 버렸어. 지금은 우노라 불리지."

예전에 리카르도가 로스 에세스의 멤버는 순서대로 숫자 코드네임을 부여받았다고 말해줬다.

"네가 우노라니 꽤나 출세했네. 돈 라미로의 일개 운전사였던 주제에."

우노가 미간을 잔뜩 일그러뜨렸다.

"그건 옛날이야기야."

"참 정겹다. 넌 날 무서워했지. 말을 걸기만 해도 늘 벌벌 떨었다고."

우노의 미간이 더욱 일그러졌다.

"그것도 옛날이야기."

"그래? 시험해볼까?"

마르티네스가 도발적으로 웃었다.

"……농담 한번 해봤다. 지금은 놀고 있을 때가 아냐. 너희들을 체포해야만 하니까."

"목적이 뭐냐? 설마 우리 상품을 탈취할 생각이냐?"

"어어, 맞아."

마르티네스가 거짓말을 내뱉었다.

"여기서 큰 거래가 있다는 소리를 들었거든. 수사관인 척 돈과 약을 모조리 빼앗으려고 했지."

"조잡한 작전이군."

"나도 그리 생각한다."

리카르도가 고개를 끄덕였다.

마르티네스가 입술을 삐죽 내밀고서 "시끄러워" 하고 중얼거렸다.

"어쨌든 순순히 오라를 받으라고."

마르티네스가 우노에게 수갑을 채우기 위해 팔을 뻗었을 때였다.

"—No se muevan." (꼼짝 마)

갑자기 뒤에서 스페인어가 들렸다.

시선을 돌리니 정박해 있던 배 위에서 한 남자가 라이플로 겨누고 있었다.

마르티네스가 그 남자에게 정신이 팔린 틈에 우노 일행이 소지한 권총을 재빨리 뽑았다.

서로가 서로를 총으로 겨눈 채 굳어버렸다.

"······동료가 또 있었냐?"

마르티네스가 혀를 찼다. 세 번째 인간은 예상 밖이었다. 배에 숨어서 틈을 노렸나?

"잘했다, 뜨레인따."

우노가 그 남자에게 말했다.

이쪽은 둘. 반면에 상대는 셋에다가 하나는 라이플까지 들고 있었다. 이대로 총격전이 벌어진다면 이쪽이 사살될 가능성이 높았다. 압도적으로 불리한 상황이었다.

"총 버려."

우노가 명령했다.

마르티네스와 리카르도는 시키는 대로 권총을 땅바닥에 내려두고서 두 손을 올렸다.

"자, 형세가 역전됐다."

우노가 웃었다.

"이제 네놈들이 오라를 받을 차례로군."

* * *

―최악의 전개다.

리카르도는 인상을 찌푸렸다.

작전은 실패했다. 딱 한 걸음밖에 남지 않았는데, 저 멍청이 때문에 정체가 탄로 나고 말았다. 리카르도가 곁눈으로 옆에 있는 덩치를 노려봤다.

그로부터 우노는 한 동료에게 마약을 지키라고 맡긴 뒤 리카르도와 마르티네스를 구속하여 배에 태우고서 이곳으로 데려왔다. 얼핏 보니 부두 인근에 소재한 폐공장 같았다. 아마도 로스 에세스의 아지트이자 상품 보관처이기도 하겠지.

밧줄이 리카르도의 두 팔을 구속했다. 밧줄 끝이 천장에 매달려 있는 후크에 묶여 있어서 꼼짝도 할 수 없는 상태였다. 몸부림을 쳐봤지만 후크 쇠사슬이 좌락좌락거릴 뿐 구속이 풀릴 기미가 없었다. 세심하게 두 다리도 묶어놨다. 옆에 있는 마르티네스도 똑같은 신세였다. 나나 저 인간이나 마치 정육 공장의 돼지 같구나, 하고 생각했다. 거꾸로 매달리지 않은 것이 그나마 다행이었다.

카르텔 멤버가 방탄조끼도 벗겨서 두 사람은 맨몸을 드러냈다. 핸드폰과 지갑, 권총 등 모든 소지품도 몰수했다.

지금은 땅바닥 위에 늘어서 있었다.

"이봐, 우노."

리카르도의 소지품을 물색하던 오초라는 남자가 DEA를 나타내는 ID를 발견하고서 외쳤다.

"이 녀석, 진짜 수사관이야."

"뭐라고?"

매달려 있는 리카르도의 얼굴을 물끄러미 쳐다보고서 우노가 중얼거렸다.

"그렇다면 이 남자가 그 잠입수사관인가?"

그러고는 마르티네스에게 시선을 돌린 뒤 비웃었다.

"CIA 다음에는 DEA? 여전히 절조가 없는 놈이로군."

"스트라이크 존이 넓은 거야."

"주인님이 자꾸 바뀌니 개도 참 힘들겠군."

우노가 바닥에 굴러다니던 쇠파이프를 주워 어깨에 둘러멨다. 그리고 마르티네스에게 서서히 다가갔다.

"돈 라미로를 배신한 더러운 개새끼."

우노가 쇠파이프 끝으로 마르티네스의 턱을 툭툭 찌르며 노려봤다.

"멍, 하고 짖어보지? 한번 해봐, 개새끼."

"멍멍."

마르티네스가 그렇게 이죽거리자— 우노가 쇠파이프를

쳐든 뒤 그의 배를 구타했다.

마르티네스가 고통에 작게 신음하고서 쓴웃음을 지었다.

"……왜 때려. 시키는 대로 짖었잖아?"

"감히 날 우롱하다니!"

우노가 파란 힘줄이 불거진 얼굴로 노성을 질렀다.

"네놈의 그런 면이 아주 역겨워!"

"동감이다."

리카르도가 불쑥 중얼거렸다.

뒤이어 우노가 리카르도를 가리켰다.

"그쪽 수사관은 머리를 잘라서 DEA 본부에 보내주마."

그다음에는 마르티네스를 가리켰다.

"네놈은 멕시코에 데리고 돌아간다. 돈 라미로께 바칠 선물로 말이야."

"후쿠오카 여행 선물로 이렇게 너저분한 남자를 바치다니 센스가 없구만."

마르티네스가 어깨를 들먹이고서 말했다.

"『도오리몬』정도는 사가라."

"잊었나? 돈 라미로는 단 걸 싫어해."

"그러니까 말이야."

우노가 다시 한번 마르티네스를 가격했다. 이번에는 쇠 파이프가 옆구리에 박히자 마르티네스가 얼굴을 찌푸렸다.

"뭐 하는 짓이야. 아프잖아."

"입을 경박하게 놀려대다니, 짜증나는 놈."

"맞는 말이야."

리카르도도 수긍했다.

얌전히 있으면 좋을 것을. 어째서 저 남자는 언제나 쓸데없는 소리를 지껄이는 건가. 어이가 없었다.

"네놈의 얼굴을 축구공처럼 발로 마구 차주마."

"난 축구공보다는 야구공이 더 좋은데 말이야."

우노가 다시금 쇠파이프로 때리면서 호통쳤다.

"또 주접을 떨다니! 더는 입을 놀리지 못하도록 몸을 아주 망가뜨려주랴!"

온힘이 실린 세 번째 타격을 받고서 마르티네스가 헐떡였다. 고통에 겨워하며 이를 악물고는 "가이시" 하고 중얼거렸다.

우노가 뭐라고? 하고 미간을 찡그렸을 때였다.

"우노, 슬슬 시간이 됐다. 가자."

오초가 손목시계를 보면서 우노에게 말했다.

"……젠장."

우노가 혀를 찬 뒤 쇠파이프를 바닥에 내던졌다.

"알겠다."

그러고는 고개를 끄덕인 뒤 발길을 돌렸다.

두 남자가 공장에서 나갔다.

도중에 우노가 뒤를 돌아보고서 이쪽을 가리켰다.

"거래가 끝날 때까지 거기 얌전히 있어라. 이따가 귀여워해줄 테니까."

"그래, 기대하마."

마르티네스가 웃음으로 응답했다.

* * *

"……."

눈을 떠보니 린은 자동차 조수석에 앉아 있었다.

시선을 이리저리 돌려보니 낯익은 경치가 눈에 들어왔다. 붉은 차체에 좁은 실내. 반바의 애마였다.

어라? 린은 고개를 갸웃거렸다. 내가 왜 여기에 있지? 기억을 돌이켜봤다. 분명 반바와 공원에서 서로 주먹질을…… 맞아, 떠올랐다. 그때 일격을 받고서 기절했나?

"……일어났네."

퉁명스러운 목소리가 들렸다. 반바였다. 운전석에 앉아 있는 그의 얼굴이 붉게 부었다.

거의 동시에 쓰러졌지만, 먼저 반바가 의식을 되찾았나 보다. 기절한 린을 차마 방치하지 못하고 마지못해 이곳까지 데려왔나?

"음."

반바가 쌀쌀맞게 물로 적신 손수건을 건넸다.

린은 그것을 순순히 받았다. 자신의 오른뺨도 욱신거렸다. 이 손수건으로 식히라는 뜻이겠지. 완고한 저 남자가 최대한으로 양보한 듯했다.

갑자기 후련한 기분이 들었다. 왜 그토록 고집을 피웠는지 한심스러워졌다.

린은 오른뺨에 손수건을 댄 채로 반대쪽 손으로 주머니 속에서 공을 꺼내 반바에게 건넸다.

"자, 돌려줄게."

그 공을 받고서 반바가 눈이 휘둥그레지며 놀랐다.

"이건—."

"안 버렸어. 침대 아래로 굴러갔다고."

사과할 때까지 돌려주지 않을 작정이었지만, 이제 아무렇든 상관없었다.

냉정해지며 한 가지 깨달은 게 있었다. 자신은 반바가 뜬금없이 화를 냈기 때문에 용서할 수 없었던 것만은 아닌 듯했다.

『그 녀석한테도 여러 사정이 있다』— 불현듯 포장마차에서 겐조가 했던 말이 떠올랐다.

늘 머릿속에 야구 생각밖에 없는 이 남자는 자신에 관해 말해준 적이 거의 없었다. 이번에도 그랬다. 이 더러운 시합구가 무엇인지, 왜 그토록 화를 냈는지 반바는 말하려고 하지 않았다. 말하고 싶어 하지 않았다는 걸 린도 알았다. 그래서 들춰지지 않길 바라는 남의 사연을 억지로 캐물을 생각은 없었다.

그래도 말해주면 어디 덧나나? 라는 생각이 들었다.

─야, 내가 그리도 미덥지 못하냐? 아직도 믿을 수가 없냐고.

비굴한 생각이 머릿속에 맺혀 있었다.

"이번에는 소중히 잘 간직해둬."

린이 툭 내뱉었다.

"······저기."

공을 품속에 집어넣고서 반바가 뭐라고 말하려고 했을 때였다. 린의 핸드폰이 진동했다. 착신이었다. 에노키다가 전화를 걸었다.

통화 버튼을 누르고서 귀에 댔다.

『이제야 연결됐네.』

에노키다가 한숨을 섞으며 말했다.

『아까부터 몇 번이나 건 줄 알아.』

"미안, 잠깐 기절했어. 뭔 일 있냐?"

『지금 어디 있어?』

린이 차창 밖을 쳐다봤다. 이동하지는 않은 듯했다.

"사무소 인근 공원 앞인데."

『반바 씨는?』

"옆에 있어."

『아아, 드디어 화해했구나. 잘됐네.』

그건 아니지만.

"무슨 용건이냐?"

『마르 씨를 도와줘.』

에노키다가 뜬금없이 부탁하자 린이 목소리를 뒤집었다.

"……하?"

『실은 마르 씨가 적한테 잡혔거든. GPS가 달린 도청기를 장치해뒀으니 장소는 내가 전화로 안내할게.』

무슨 일이 있었는지 모르겠지만, 일단 시키는 대로 할 수밖에 없었다. 린은 통화 상태를 유지한 채로 운전석에 앉아 있는 반바에게 말했다.

"어서 차를 출발시켜."

그러고 보니 중국인에게 호출을 받았다. 반바도 노마파에게서 부름을 받았다. 그러나 이미 두 시 반이었다. 둘 다 선셋 파크로 가라는 약속을 어겨야 할 듯했다.

＊ ＊ ＊

"……아— 젠장. 그 자식, 다섯 대나 갈기다니."

우노 일행이 폐공장을 떠난 직후에 옆에 있는 마르티네스가 앓는 소리를 냈다. 두들겨 맞았는데도 질리지 않고 푸념을 내뱉었다.

"이봐, 아까 그 말은 뭐야?"

리카르도가 물었다. 마르티네스가 아까 전에 일본어도, 스페인어도 아닌 말을 우노에게 내뱉었다.

"중국어야?"

"어, 맞아."

마르티네스가 고개를 끄덕였.

"해사(該死)란『뒈져버려』라는 의미야. 중국인 동료가 알려줬지."
_{가이시}

그가 득의양양해하며 말을 이었다.

"참고로 흑귀(黑鬼)는『니거』, 고밀자(告密者)는『고자질쟁이』라는 의미라더군. 중국어 발음이 꽤 어렵네. 거 있잖아, 혀를 부르르 떠는 발음. 스페인어를 구사할 때 혀를 굴리는 것과 달라서—."

"네놈의 중국어 강의를 들을 시간 없어."

느긋하게 수다를 즐기려는 마르티네스를 단호히 나무라

고서 리카르도가 두 손에 힘을 줬다. 흔들기도 하고, 잡아당겨보기도 했지만 쇠사슬과 밧줄은 꿈쩍도 하지 않았다.

"얼른 어떻게든 해야……."

우노 일행이 돌아오기 전까지 어떻게든 이곳에서 도망쳐야 했다. 무슨 좋은 방법이 없을까? 리카르도가 필사적으로 머리를 굴리고 있으니 마르티네스가 무사태평하게 말했다.

"자자, 그리 허둥대지 마."

"축구공이 되고 싶은 거냐?"

"확실한 작전이 있어."

"뭐가 작전이야. 맨날 임기응변이잖나."

리카르도가 코웃음을 쳤다.

"이래서 라틴계는. 즉흥적으로만 살아가니 이런 신세가 되는 거야."

리카르도가 불평을 쏟아내자 마르티네스가 진지한 표정으로 말했다.

"이번만은 즉흥적인 계획이 아냐. 슬슬 우리를 데리러 올 사람이 나타날 시간이야."

그가 그렇게 말한 순간— 건물 통행구가 열렸다.

대체 누구야? 리카르도가 출입구 쪽으로 시선을 돌렸다. 우노 일행이 되돌아온 줄 알았으나 아니었다.

2인조의 모습이 보였다.

마르티네스가 그들을 턱으로 가리키고서 "거봐, 맞지?" 하고 입꼬리를 올렸다.

2인조가 이쪽으로 달려왔다. 그중 하나가 말을 걸었다.

"마르, 무사해?"

"어어."

마르티네스가 고개를 끄덕이고서 눈을 가늘게 떴다.

"올 줄 알았다고."

그러고는 슈트 차림에 일본도를 갖고 있는 키가 큰 남자를 소개했다.

"리코, 이 녀석이 반바야."

그리고 나머지 한 사람에게 시선을 돌렸다.

"이쪽은 린이야. 아까 말했던 중국인. 여자 행색을 하고 있지만 남자라고. 둘 다 내 팀메이트."

반바는 일본도로, 린은 나이프로 각자 리카르도와 마르티네스를 구속했던 밧줄을 끊었다.

구속이 풀려 자유를 되찾은 뒤 리카르도가 빼앗겼던 소지품을 주섬주섬 주워 몸에 착용하면서 물었다.

"어떻게 된 거야? 언제 동료를 불렀지?"

붙잡혔던 뒤로 지금까지 마르티네스는 줄곧 두 팔이 묶여 있었다. 도움을 요청할 수가 없었을 터였다.

"부른 적 없어. 우리 정보꾼이 불러준 거지."
"정보꾼?"
"너도 만났잖아? 그 금발 버섯머리."

그 말을 들으니 어렴풋하게 떠올랐다. 마르티네스를 발견하고서 미행했을 때 그 옆에 머리 색깔이 화려한 젊은이가 있었다.

"그때 그 녀석이 내 옷에 도청기를 심어뒀지. 엿듣는 걸 좋아하는 짓궂은 아이거든."

마르티네스가 쓴웃음을 흘렸다.

"우리가 위기에 처했음을 눈치채고서 이 둘을 보내줬다 이 말이야."

다시 말해 저 남자는 애초부터 동료가 구하러 오리라 알고 있었다. 그래서 시간을 벌기 위해 입을 경박하게 놀려 우노를 도발했다는 말인가?

그런 보험이 있었다면 미리 말해줬으면 좋았을 것을.

"왜 잠자코 있었나? 그런 중요한 내용을."

리카르도가 따져 물었다.

"지금 말했잖아."

마르티네스가 버젓이 대답했다.

리카르도가 발끈하여 마르티네스의 배를 가볍게 때렸다.

* * *

얻어맞은 배를 문지르면서 마르티네스가 반바와 린에게 시선을 보냈다.
"—그나저나 너희들."
그들의 얼굴을 번갈아 보고서 물었다.
"얼굴들이 왜 그래? 둘 다 볼거리를 앓고 있냐?"
린과 반바 모두 오른뺨이 붉게 부어 있었다.
"아냐."
린이 툭 내뱉었다.
"그냥 모르는 척해."
"뭐, 좀 여러 일들이 있었거든."
반바도 말을 얼버무렸다.
대체 뭐야? 하고 마르티네스가 고개를 갸웃거렸을 때— 그의 핸드폰이 울렸다.
통화 버튼을 누른 뒤 귀에 댔다.
"—누구야?"
『엿듣는 걸 좋아하는 짓궂은 아이입니다.』
"아아, 너냐?"
통화상대는 에노키다였다.
『마르 씨, 무사해?』

그가 묻자 마르티네스가 쓴웃음을 지었다.

"덕분에."

『도청기를 알아챘을 줄은 몰랐어. 역시 대단하네.』

"뻔하지. 네가 끼어들지 않을 리가 없잖아."

그래서 반드시 움직여주리라 믿었다.

『밥상은 다 차려놨어.』

"일처리는 여전하군."

마르티네스가 웃음을 머금고서 말했다.

"뒷일은 맡겨둬."

그러고는 통화를 끊고서 반바와 린을 돌아봤다.

"사정은 에노키다한테서 들었나?"

"어어."

린이 고개를 끄덕였다.

"멕시코 마약 카르텔이 후쿠오카에 상륙했다면서?"

"그래. 놈들은 여기서 사업을 벌일 생각이야. 이대로 놔두면 후쿠오카가 마약 소굴이 될 거다."

"그거 큰일났구만."

카르텔 마약상이 이대로 설쳐댄다면 후쿠오카도 언젠가 멕시코 마약 전쟁의 전철을 밟게 될 것이다. 매일 벌어지는 총격전, 폭력, 살인. 그에 휘말리는 일반시민들. 카르텔의 뒷돈을 받아먹고서 부패해버린 경찰, 매스컴, 정치.

―두 눈으로 목도해왔던 그 비참한 상황이 이 도시에 재현되도록 놔둘 수는 없었다.

"놈들의 뜻대로 되도록 내버려둘 순 없어. 너희들도 거들어다오."

마르티네스가 요청하자 린과 반바 모두 고개를 힘차게 끄덕였다.

"―그래서 작전이 뭐야?"

린이 마르티네스에게 묻자 리카르도가 기가 막힌다는 표정으로 끼어들었다.

"이 녀석한테 작전을 맡기지 마. 즉흥적인 발상에 휘둘릴 거다."

"걱정하지 마, 리코. 이 둘이 있으면 괜찮아."

마르티네스가 자신만만하게 말했다. 어떤 작전을 구상하든 이 둘이라면 잘 해낼 것이다.

"마약 거래 장소는 선셋 파크야. 지금쯤 노마파 놈들도 모여 있겠지."

마리화나 10킬로그램을 옮기기 위해 인원을 나름 데려왔을 것이다. 반면에 이쪽은 넷. 적의 머릿수가 필시 더 많겠지.

그러나 이쪽에는 실력 좋은 킬러가 둘이나 있었다. 붙어볼 만한 상황이었다.

"노마파가 중국인 마약그룹을 처단할 생각이야."

반바의 말을 듣고서 린의 눈이 동그래졌다.

"그게 진짜냐?"

"키시하라가 그리 말했어. 선셋 파크로 꾀어낸 뒤 죽일 거라고. 킬러가 없더라도 수하들을 시켜 죽일 거야."

"그럼 잘됐네. 놈들의 숫자가 줄어들면 바다에서 기습을 가하자고."

마르티네스가 땅바닥에 굴러다니던 방탄조끼와 쇠파이프를 줍고서 "가자" 하고 걸어 나갔다. 리카르도 그 뒤를 따랐다.

"바다라니? 어떻게 가려고?"

마르티네스가 방탄조끼를 착용하면서 대답했다.

"그야 당연히 배를 타고서."

"너, 배를 조종할 수 있나?"

리카르도가 물었다.

"아니."

"둘 중에 면허를 갖고 있는 사람 있나?"

리카르도가 린과 반바에게 확인했다.

"아니."

"안 갖고 있어."

둘 다 고개를 가로저었다.

그러자…….
"자, 저걸 타고 갈 거다."
마르티네스가 바다에 떠있는 작은 배를 가리켰다.
"—아니, 저건 보트잖아!"
"입 다물고 어서 타기나 해."
네 남자가 손으로 노를 젓는 보트에 타자 선체가 크게 휘청거렸다.
"……이거 명백히 정원 초과 아니냐?"
린이 나이프로 선과 비트를 연결하는 밧줄을 끊어내면서 말했다.
"뒤집어질 것 같구만."
반바도 미간을 찡그렸다.
"바다에 또 떨어지면 어쩌지?"
자, 출항이다. 마르티네스가 노를 쥐고서 타고난 괴력으로 저어대기 시작했다. 선체가 휘청거리면서도 조금씩 천천히 새카만 바다 위를 나아갔다.
목적지 해안가에 도착하는 것이 먼저일지, 배가 침몰하는 게 먼저일지 아슬아슬했다.
"겁나게 흔들리네."
"이거, 괜찮냐?"
"네놈 몸뚱이가 무거워서 그래. 당장 내려."

리카르도가 마르티네스에게 말했다.

"야야야."

이미 보트가 해안가에서 상당히 떨어졌다.

"이제 와 어떻게 내리냐."

"헤엄쳐 가."

"헛소리 마."

크게 흔들리는 비좁은 배 위에서 마르티네스가 작전을 계속 설명했다.

"잘 들어. 첫 번째 목적은 로스 에세스를 체포하고서 마리화나를 압수하는 거다. 일본인은 상관없지만, 카르텔 놈들은 놓치지 마."

"다시 말해 죄다 죽여 버리면 되는 거냐?"

"잠깐, 죽이지 마."

리카르도가 즉각 끼어들었다.

"내 눈앞에서 살인을 저지르면 곤란해."

린이 울컥하며 얼굴을 찡그리자 마르티네스가 변호했다.

"이 녀석은 수사관이야."

"그럼 현장에 있는 모두를 기절시키면 되는 거지?"

"그런 셈이지."

한동안 나아가니 바다에 면한 공원이 보이기 시작했다. 선셋 파크였다. 어스레한 가로등 불빛 아래에 열 명쯤 되는 남자들이 모여 있었다. 우노 일행의 모습도 확인했다.
"저길 봐, 놈들이 있어."
마르티네스가 목소리를 낮추며 손가락으로 가리켰다.
"분위기가 흉흉해."
그 직후에 총격이 시작됐다. 노마파가 중국인 그룹을 에워싸고서 사살했다.
인근에는 낚싯배가 정박해 있었다. 이 소동을 틈타 보트로 접근한 뒤 배의 사각으로 돌아 들어가듯 접안했다.
"―자, 이제 공수가 바뀌었구만?"
마르티네스가 쇠파이프를 꽉 쥐고서 씨익 웃었다.

9회 초

 선셋 파크 구석에는 끝부분에 새 동상이 얹혀 있는 하얀 기념물이 있었다. 우노는 그 부근에 낚싯배를 접안하고서 비트에 밧줄을 동여맸다.

 마약을 지키고 있던 뜨레인따와 합류한 뒤 우노 일행은 무기가 든 기타 케이스에 걸터앉아 거래 상대를 기다렸다. 공원을 에워싸듯 L자 산책로가 뻗어 있었다. 그들이 있는 곳은 L자가 딱 꺾이는 부분이었다.

 약속 시간이 되자 중국인들이 찾아왔다. 그 직후에 노마파 조직원들이 여럿 나타나 놈들을 에워쌌다. 중국인이 함정에 걸렸다.

 노마파 패거리는 인정사정이 없었다. 아연실색한 중국

인들을 잇달아 사살하여 순식간에 시체 더미로 만들어버렸다.

"아아, 좋은 밤이로군."

근처에 굴러다니는 시체를 둘러보고서 우노가 입을 열었다.

"오늘은 역사적인 날이 되겠다."

로스 에세스와 노마파— 국적이 다른 두 조직이 뭉쳐서 이렇게 손을 잡았다. 드디어 후쿠오카 카르텔이 탄생했다.

그때…….

"어서 물건을 줘."

노마파 남자가 재촉했다.

"그리 안달하지 마. 확실히 준비해뒀어."

우노가 동료에게 신호를 보냈다. 오초가 고개를 끄덕이고서 상품에 씌워놨던 비닐 덮개를 벗겼다.

"자, 약속한 물건이다."

덮개 안에서, 벽돌 무늬 산책로 위에 늘어서 있는 10킬로그램짜리 마리화나가 드러났다. 그 광경을 본 남자들의 눈이 모두 번뜩였다.

"저기, 맛 좀 봐도 되겠냐?"

노마파 남자가 묻자 우노가 소분한 비닐봉지 하나를 던져줬다.

"마음대로."

남자가 봉지를 열고서 풀을 한 움큼 꺼낸 뒤 라이터불로 그을렸다. 연기를 한껏 들이마시면서 황홀한 표정을 지었다.

"……이거 좋구만. 상품(上品)이네."

"호주산 고급 마리화나다. 품질에는 자신 있어."

생산부터 세심하게 관리해온 일품이었다. 1그램당 8천 엔 수준이라서 일반상품보다 꽤 비싸지만, 그래도 날개 돋친 듯 팔려나가리라 기대했다.

"약속한 대로 10킬로그램을 당신들한테 반값에 팔아주지. 시식용으로 고객한테 저렴하게 나눠줘. 상품에 관한 소문을 퍼뜨리고 싶으니까."

우노가 마리화나가 든 봉지를 들어 올려 거래 상대에게 넘기려고 했을 때였다.

"―이봐, 저게 뭐야?"

노마파 남자가 새카만 바다를 쳐다보며 가리켰다.

"누가 있다!"

남자가 외쳤다.

우노가 뒤를 돌아봤다.

그 순간, 웬 2인조가 바다와 육지를 구분하는 울타리를 넘어 튀어나왔다.

하나는 정장 차림의 남자로 긴 무기를 들고 있었다. 일본도였다.

다른 하나는 여자인 듯했다. 손에 나이프가 쥐어져 있었다.

"뭐야, 이 녀석들—."

우노가 뒷걸음질을 하며 2인조와 거리를 벌린 뒤 현장을 망연히 쳐다봤다.

그 둘이 노마파 조직원을 상대로 활극을 펼치기 시작했다. 사람과 사람 사이를 누비듯 재빨리 움직이면서 상대의 머리나 명치를 적확하게 공격해나갔다.

예상치 못한 전개에 현장에 있던 모두가 공황에 빠졌다. 반격할 새도 없이 순식간에 우노 일행을 제외한 모두가 2인조에게 제압됐다. 중국인들의 시체 위에 기절한 일본인들이 굴러다녔다.

다음에 2인조는 우노 일행을 노렸다. 이대로는 위험했다. 우노는 젠장, 하고 혀를 찼다. 이놈이고 저놈이고 죄다 방해꾼뿐이었다.

—거래는 중지다.

"오초! 뜨레인따!"

우노가 적을 가리키고는 동료에게 외쳤다.

"저 녀석들을 유인해! 난 상품을 맡겠다!"

아직도 산책로 위에 10킬로그램이나 되는 고급 마리화

나가 방치되어 있었다. 총액 8천만 엔짜리, 소매가로 치면 수억 엔은 호가하는 중요한 상품이었다. 이대로 이곳에 버려두고 갈 수는 없었다.

"알겠어!"

오초가 고개를 끄덕이고서 기타 케이스를 안은 채 뛰어나갔다. 뜨레인따도 우노의 지시를 이해했는지 바로 움직였다. 오초는 오른쪽으로, 뜨레인따는 왼쪽으로 나아갔다.

적도 두 갈래로 나뉘어 각각 두 카르텔 멤버를 쫓았다.

우노는 그 틈에 마리화나를 배에 부랴부랴 옮겼다. 해안가에서 갑판으로 봉지를 내던져 쌓아나갔다.

다음 봉지를 안아 올린 그때였다.

"—거기까지다."

그 목소리를 듣고서 우노가 뚝 멈췄다.

고개를 돌려 뒤를 보니 남자가 총을 겨누고 있었다. 그 얼굴을 보고서 우노가 경악하여 눈이 휘둥그레졌다. 아까 전에 포박했던 DEA 수사관이었다.

"얼른 도망쳤으면 좋았을 것을. 참 욕심이 많은 놈이군."

수사관이 어이없어하며 말했다.

우노가 젠장, 하고 혀를 찼다. 저 녀석, 어떻게 그곳에서 빠져나온 거지? 설마, 아까 그 2인조도 이 녀석들과 한패인가?

수사관이 총으로 겨눈 채로 다른 손으로 수갑을 꺼냈다.

"그토록 좋아하는 돈 라미로와 같은 형무소에 처넣어주마."

궁지에 몰린 상황이었다. 우노는 어쩌지? 하고 자문했다. 그러나 느긋하게 고민할 여유는 없었다. 어쨌든 달아나야 했다. 이런 곳에서 붙잡힐 수는 없었다.

다행히도 상대는 혼자였다. 충분히 뿌리칠 수 있다.

우노는 안고 있던 봉지를 수사관에게 내던졌다. 상대가 정신이 팔린 틈에 등을 돌리고서 재빨리 울타리를 넘었다. 그대로 굴러떨어지다시피 갑판 위에 쌓여 있던 마리화나 위로 뛰어들었다.

"야, 거기 서!"

배후에서 수사관이 외쳤다. 뒤이어 총성이 울렸다. 울타리에서 몸을 내민 채 이쪽을 향해 발포했다. 우노는 비트에 묶인 밧줄을 끊어낸 뒤 총탄에 맞지 않도록 자세를 낮춘 채 조타실로 가서 배를 움직였다. 낚싯배가 서서히 바다 위를 나아갔다.

한동안 나아간 뒤 우노는 안도의 한숨을 내쉬었다. 여기까지 왔으니 이제 총탄은 닿지 않겠지. 상품 전부를 싣지 못했지만, 스스로의 몸은 지켜냈다.

남은 문제는 오초와 뜨레인따였다. 그 둘은 무사할까?

해안가에서 상당히 멀어졌을 즈음에 우노는 핸드폰을 꺼내 잘 아는 남자에게 전화를 걸었다.

상대가 바로 응답했다.

『왜 그래?』

"내 말 들어봐. 큰일 났다."

『무슨 일이 있었는데?』

"약을 거래하던 중에 그 수사관이 습격했다."

『뭐라고?』

남자가 놀라며 목소리를 높였다.

『지금 상황은?』

"상품을 갖고서 배로 도주하고 있다. 다른 둘은 어떻게 됐는지 모르겠군."

『안심해. 만에 하나 붙잡히더라도 내가 어떻게든 해주지.』

우노가 고개를 끄덕였다.

"부탁한다. 그러려고 큰돈을 지불했으니까."

『그래. 나도 곧바로 그리로 가지.』

전화를 끊고서 우노가 다시 키를 잡았다.

그 순간……

"―배를 멈춰, 우노."

갑자기 소리가 들리자 우노가 튕기듯 뒤를 홱 돌아봤다.

쇠파이프를 든 덩치가 바로 뒤에 서 있었다.

"……알렉스."

우노가 남자의 이름을 중얼거린 뒤에 인상을 찡그렸다.

"이번에는 너냐?"

* * *

작전대로 킬러 콤비가 노마파 조직원을 처리하는 동안에 마르티네스와 리카르도는 보트에 숨어 현장 상황을 엿봤다. 로스 에세스 세 멤버가 해로로 도주하리라 예상하고서 그들이 배에 탑승하기 직전에 체포할 계획이었다.

설마 로스 에세스 멤버 둘이 육지에 남아 미끼가 되고, 우노 혼자서만 상품과 함께 도주를 시도할 줄은 몰랐지만.

"그리 서두르지 마, 우노. 모처럼 즐기는 크루징이 허사가 되잖냐. 야경을 더 진득하게 즐기라고."

"……이 자식."

우노가 마르티네스의 얼굴을 노려보고서 물었다.

"언제 내 배에."

"네가 마리화나를 옮기던 동안에 줄곧 배 화장실에 숨어 있었어. 너희들이 이 배로 도주할 걸 예상했거든."

―그건 거짓말이었다.

실은 대기하다가 소변이 마려워서 바다에다가 해결하려

고 했더니 리카르도에게 꾸지람을 들었다. 그래서 하는 수 없이 로스 에세스의 낚싯배 안에 있는 간이 화장실을 빌렸는데— 볼품없는 진실은 함구해두기로 하자.

 마르티네스가 화장실에 숨어 있던 동안에 리카르도가 우노를 놓쳐버린 것은 오산이었다. 그러나 자신이 배 위에 있었던 것이 불행 중 다행이었다.

 이렇게 된 이상 자신이 저 녀석을 직접 체포할 수밖에 없었다.

 "그 둘을 미끼로 던지고서 자기만 달아나다니. 동료의 목숨보다 이딴 이파리가 더 소중한가?"

 마르티네스가 말하자 우노가 미간을 찡그리고서 대답했다.

 "네놈도 잘 알겠지. 우리 세계에서는 사람 목숨보다 마약이 훨씬 가치가 있다는 걸."

 "너희들의 세계 따윈 내 알 바 아냐."

 마르티네스가 목소리를 깔고서 말했다.

 "내 도시에서 썩 꺼져."

 상대의 머리에 일격을 가하고자 쇠파이프를 휘둘렀을 때— 우노가 마르티네스의 빈틈을 찔러 키를 오른쪽으로 획 꺾었다.

 "으앗?!"

배가 크게 흔들리자 마르티네스의 몸도 덩달아 휘청거렸다. 균형을 잃고서 뱃전에 등을 세게 찧었다. 그 바람에 손바닥에서 쇠파이프가 떨어져 갑판을 데굴데굴 굴렀다.

마르티네스가 혀를 차고서 상대를 노려봤다.

"젠장, 제법이잖아."

우노가 배를 세웠다. 그러고는 권총을 뽑아 맨손인 마르티네스를 겨눴다.

마르티네스가 총구를 보고서 어깨를 들먹이며 두 손을 올렸다.

"알겠어, 알겠어. 항복한다."

그러나 우노는 멈추지 않았다.

"꿈에도 몰랐다. 배신자인 네놈을 내 손으로 직접 죽이는 날이 올 줄이야."

방아쇠를 당겨 당장에라도 발포하려고 했다.

"―죽어라, 알렉스."

살해될 줄 알았다. 우노는 자신을 증오했다. 진심으로 죽일 작정이었다. 마르티네스가 별안간에 몸을 웅크렸다.

직후에 한 발의 총성이 울렸다.

그러나 우노는 쏘지 않았다. ―쏠 수 없었다.

그가 방아쇠를 당기기 전에 누군가가 먼저 발포했다. 한 발의 총탄이 우노의 오른 손등에 명중하여 권총을 날려버렸다.

"―손들어."

목소리가 난 쪽을 돌아보니 리카르도의 모습이 보였다. 대체 언제 이 배에? 마르티네스의 눈이 동그래졌다.

"또 네놈이냐!"

우노가 험악한 목소리로 외치고서 총을 주우려고 했다. 그러나 순순히 내버려두지 않았다. 마르티네스가 재빨리 쇠파이프를 집고서 이번에야말로 우노의 머리를 타격했다.

"윽."

우노가 작게 신음하고서 갑판에 쓰러졌다.

시체처럼 널브러진 그의 몸을 내려다보고서 리카르도가 미간을 찡그렸다.

"……죽진 않았겠지?"

"힘 조절은 했어."

목덜미에 손가락을 대보니 살아 있었다. 기절하기만 했다.

"나 참, 뭐 하는 짓이냐……."

리카르도가 숨을 헐떡였다.

"권총을 소지한 놈한테 쇠파이프 하나로 덤벼드는 녀석이 어딨나……. 목숨 아까운 줄 모르는 멍청한 놈."

리카르도가 몹시도 초췌해보였다. 그 이유를 금세 깨달았다. 마르티네스가 바다를 가리켰다.

"너, 저걸 타고 여기까지 온 거냐?"

낚싯배 바로 옆에 노로 젓는 보트가 떠 있었다. 리카르도는 저것을 타고서 여기까지 쫓아왔겠지. 선셋 파크에서 이 배까지 3, 40미터쯤 떨어져 있었다. 필사적으로 노를 젓는 리카르도의 모습을 상상했더니 웃음이 절로 났다.

마르티네스가 웃음을 참고 있으니…….

"이로써 일단 하나."

리카르도가 실신한 우노에게 수갑을 채운 뒤 말했다.

"둘 남았다."

로스 에세스의 다른 두 명은 반바와 린과 대치하고 있었다.

"뭐, 그 녀석들한테 맡겨두면 괜찮겠지."

마르티네스가 낙관적으로 말했다.

* * *

"—대체 뭐야, 제기랄!"

기타 케이스를 한손에 든 채 산책로를 달리면서 오초는 얼굴을 찌푸리며 욕설을 내뱉었다.

수 미터쯤 뒤에서 자신을 쫓아오는 발소리가 들려왔다. 느닷없이 출현한 2인조 중 남자가 오초를 쫓고 있었다. 오초는 견제하고자 여러 번 뒤를 돌아 발포하면서 오로지 달렸다.

이윽고 총탄이 다 떨어지자 권총을 내던졌다.

붉은 철탑이 보이기 시작했다. ─하카타 포트 타워다. 그 앞에는 풋살장이 있었다.

불현듯 오초의 머릿속에서 좋은 방안이 떠올랐다.

이 기타 케이스 안에는 애용하는 라이플─ AK-47이 들어 있다. 확 트인 풋살장으로 적을 유인하면 상대는 도망치지도 숨지도 못하리라. 그때 쏴 죽이면 된다.

오초가 아무도 없는 풋살장에 발을 들였다.

펜스에 둘러싸인 코트 한가운데에서 기타 케이스 잠금쇠를 풀었다. 뚜껑을 연 순간, 오초의 눈이 동그래졌다.

안에 라이플이 없었다.

나이프가 있었다. 소형 서바이벌 나이프와 쿠크리 나이프, 마체테─ 온갖 종류의 날붙이가 가득 담겨 있었다.

─잘 못 가져왔다.

"망할!"

오초가 험악하게 외쳤다.

이것은 뜨레인따의 무기였다. 그 녀석은 나이프 마니아라서 총을 거의 쓰지 않았다. 늘 맨손이나 날붙이로 싸웠다. 너무 당황한 나머지 뜨레인따의 짐을 갖고 와버렸다.

오초가 젠장, 하고 욕을 내뱉었다.

그러는 사이에 남자가 풋살장 입구에 나타났다.

사방이 펜스에 둘러싸여 있었다. 도망칠 데가 전혀 없는 상황이었다. 망했다. 끌어들일 작정이었는데 도리어 스스로를 궁지에 몰고 말았다.

―이렇게 된 이상 싸울 수밖에 없겠구만.

오초는 각오를 굳힌 뒤 안에서 가장 커다란 날붙이를 꺼냈다. 날길이가 30센티미터쯤 나가는 마체테를 쥐고서 전투태세를 취했다.

"네놈의 머리를 잘라서 축구공처럼 마구 차며 갖고 놀아주마."

오초가 날붙이 끝으로 상대에게 겨누며 히죽 웃었다.

남자는 일본도를 소지하고 있었다. 이쪽으로 서서히 다가오면서 칼을 뽑았다.

오초가 먼저 나섰다.

"으랴."

우렁찬 고함을 지르며 상대에게 덤벼들었다. 남자의 몸을 갈가리 찢어버리기 위해 마체테를 휘둘렀다.

남자가 오초의 공격을 일본도로 막아냈다. 뒷걸음질을 치면서 마체테의 칼날을 받아냈다. 조용한 코트 안에 금속음이 잇달아 울렸다.

이길 수 있겠다고 오초는 생각했다.

상대가 밀렸다. 이대로 밀어붙여서 베어주마.

오초가 커다란 도끼 같은 칼을 휘두르며 상대의 몸을 펜스까지 몰아붙였다. 칼날이 한 차례 격렬히 맞부딪치더니 서로의 공격이 뚝 멈췄다.

그 순간, 오초가 완력으로 적을 밀쳐냈다.

남자에게 도망칠 곳은 없었다. 펜스와 오초의 칼날 사이에 남자의 머리가 놓여 있었다. 남자의 일본도가 몇 센티미터 밖에서 오초의 목을 노렸다.

남자도 오초의 칼을 튕겨내고자 힘을 줬다. 서로 힘을 겨루는 양상이었다.

"야, 너."

둘 다 한 걸음도 물러서지 않는 교착상태 속에서 오초가 입을 열었다.

"알렉스의 동료냐?"

오초가 말하자 남자가 고개를 갸웃거렸다.

"……알렉스?"

지금은 가명을 쓰는지도 모르겠다.

"그 도미니카인 말이야."

오초가 설명을 덧붙이자 남자가 이제야 누군지 알아챈 듯했다.

"충고해주마. 그 녀석은 비겁한 배신자야."

오초가 남자에게 얼굴을 가까이 대고서 히죽 웃었다. 그러나 이 충고에 아무 의미도 없었다. 이 남자는 이 자리에서 죽을 테니까.

"네놈도 금세 배신하겠지! 왜냐면 알렉스는 부랄 없는 호모 자식이니까—"

오초는 말을 마지막까지 마치지 못했다.

갑자기 오초의 얼굴에 충격이 일었다.

그와 동시에 몸이 뒤로 튕겨졌다. 오초가 "푸엑" 하고 비명을 지르면서 코트 바닥에 쓰러졌다.

뺨이 지잉, 후끈거렸다. 아마도 얻어맞은 듯했다.

"이, 이 자식! 무슨 짓이야!"

울컥한 오초가 황급히 일어서서 칼을 마구 휘둘렀다.

—방심했다. 일본도 같은 거창한 무기를 들고 있으면서 설마 주먹으로 때릴 줄은 예상하지 못했다.

남자가 일본도로 마체테를 받아내더니 그대로 몸을 재빨리 왼쪽으로 틀었다. 남자가 힘을 흘려내자 오초가 균형을 잃고서 앞으로 고꾸라졌다. 상대는 그 틈에 칼자루로 오초의 손바닥을 찔러서 마체테를 떨어뜨리게 했다.

빈손이 된 오초에게 남자의 공격이 엄습했다. 얼굴, 옆구리, 복부를 잇달아 얻어맞고서 오초가 휘청거리며 펜스에 부딪쳤다.

"……입만 살았네. 별 볼일 없구만."

남자가 어이없어하며 중얼거렸다. 오른손을 뻗어 오초의 목덜미를 세게 쥐었다. 지척에서 보이는 그 남자의 눈빛은 잔잔했다.

"커, 헉."

목이 조이자 오초가 만족스레 목소리를 낼 수 없었다.

"나도 충고를 해줄게."

남자가 오초의 목을 쥔 손가락에 힘을 주면서 나직이 말했다.

"내 동료의 험담을 또 했다가는…… 다음에는 죽인다."

남자가 내뱉은 살기등등한 목소리와 등골이 오싹해질 것 같은 표정에 오초가 덜덜 떨었다.

양쪽 경동맥이 압박되자 눈앞이 서서히 흐려졌다.

―결국 일본식은 먹지 못할 것 같구만.

의식이 멀어져가는 중에 오초가 문득 그렇게 생각했다.

* * *

수수께끼의 2인조가 노마파와 거래하던 중에 습격했다.

마약은 사람 목숨보다 중요했다. 우노가 마리화나를 배

에 다 옮길 때까지 어떻게든 시간을 벌어야만 했다.

오초와는 반대방향으로 도망친 뜨레인따가 산책로의 막다른 지점에서 발을 멈췄다. 배후에는 컨테이너가 쌓여 있는 야적장이 있었다. 맞은편 매립지에는 공장 야경이 펼쳐져 있었다. 자못 부두다운 경치로 둘러싸인 이 장소에서 뜨레인따는 적과 맞서 싸우기로 했다.

힐을 또각또각 내딛으며 적이 이쪽으로 다가왔다. 눈앞에 나타난 사람은 얼핏 여자 같았다. 몸집이 작고 머리가 길고, 어디에나 있을 법한 평범한 여자였다. 오른손에 나이프가 쥐어져 있는 것을 빼고서.

그러나 상대가 여자이든 남자이든 적이라는 사실은 변함없었다. 해야 할 일은 똑같았다. 힘 조절은 하더라도 용서할 생각은 없었다. 곧바로 전투 불능에 빠뜨려주마.

"너, 로스 에세스의 멤버 맞지?"

상대가 입을 열었다. 그러나 공교롭게도 뜨레인따는 일본어를 알아듣지 못했다. Los Eses라는 단어만 이해했다. 뜨레인따가 입을 다문 채로 상대가 어떻게 나올지 살폈다.

뜨레인따가 반응을 보이지 않자 상대가 "으—음" 하고 신음했다.

"멕시코는 스페인어를 쓰지? 시설에 있었을 적에 배우긴 했는데, 써먹을 기회가 없어서 거의 다 까먹었는데 말이야."

그러고는 상대가 왼손을 들고서 어색한 스페인어로 말을 걸었다.

"헬로우……가 아니었지. 으—음, 올라? 꼬모 에스타스?"
               안녕   잘 지내

"Muy bien. Gracias."
 아주 좋다. 고맙다

뜨레인따가 대답하자 상대가 만족스럽게 고개를 끄덕였다. 말이 통해서 기쁜가 보다.

대화가 계속 이어졌다.

"소이 린. 엥깐따도. 떼 마또 아오라."
 난 린   반가워   지금부터 널 죽인다

상대가 뜬금없이 흉흉한 인사를 던지자 뜨레인따가 인상을 찌푸리고서 경계했다.

공격에 대비하여 두 손을 올렸더니 적이 히죽 웃었다.

"잘 통하는 모양이구만."

먼저 공격에 나선 건 상대였다. 나이프로 이쪽을 겨눈 채 덤벼들었다. 상대는 몸집이 작고 가벼웠다. 몸놀림이 경쾌했다. 순식간에 뜨레인따의 품속으로 파고들었다. 기세를 몰아 나이프로 복부를 찌르려고 했다.

뜨레인따는 그 자리에서 한 발자국도 움직이지 않고 공격을 정면에서 받아냈다. 나이프를 들고 있는 상대의 팔을 잡아 홱 잡아당기자 상대의 몸이 간단히 앞으로 쓰러졌다. 동시에 팔을 비틀어 올려서 나이프 끝을 적의 몸으로 틀었다.

힘을 주어 꾸욱 누르자 칼날이 상대의 옆구리를 찔렀다.

"으, 악."

격통에 적의 얼굴이 일그러졌다.

나이프가 찌른 깊이는 고작해야 1, 2센티미터 정도겠지. 치명상은 아니었다. 이쪽의 노림수를 간파하고서 상대가 도중에 몸을 뒤쪽으로 뺐기 때문이었다. 그 자세에서 억지로 나이프를 피하다니 놀랐다. 전투에 익숙한 근육과 탄력 넘치는 유연성. 이 녀석, 범상치 않은 듯했다.

그러나 뜨레인따는 빈틈이 없었다. 적이 피할 것도 예상했다. 이미 반대쪽 손으로 주먹을 쥐어 상대의 관자놀이를 가격했다. 뒤이어 울대뼈, 갈비뼈 등 급소를 잇달아 찔렀다.

적이 작게 신음하고서 헐떡였다.

상대의 얼굴에 다시금 일격을 가하려고 오른 주먹을 휘둘렀을 때 오른팔에 통증이 일어서 뜨레인따는 몸을 홱 뺐다.

팔을 보니 베인 전완부에서 피가 스르르 스며 나왔다.

아무래도 적이 공격을 받는 동안에 옆구리를 찔렀던 나이프를 뽑아서 감춘 채로 반격할 기회를 엿봤던 듯했다. 통증을 감지하고서 순식간에 간격을 넓힌 덕분에 목숨을 건졌다.

뜨레인따는 숨겨뒀던 무기를 꺼냈다. 접이식 카빙 나이프였다. 살상 능력은 낮지만, 날이 가늘고 끝이 뾰족해서 사용하기에 따라서는 큰 데미지를 가할 수 있었다.

머리를 세차게 얻어맞아 뇌가 흔들리는지 적이 비틀거렸다.

뜨레인따가 계속 공격해 들어갔다. 카빙 나이프를 쳐내기 위한 공격을 손날로 받아서 흘려낸 뒤 상대와의 거리를 서서히 좁혀나갔다.

뜨레인따가 무기를 쥔 오른손으로 상대의 나이프를 안쪽으로 쳐냈다. 공격이 한순간 멎자 반대쪽 손으로 적의 손목을 쥐었다. 꼼짝하지 못하도록 붙들어둔 뒤 바늘처럼 가느다란 카빙 나이프 끝으로 상대의 팔꿈치를 찔렀다.

"으, 억―."

소리 없는 절규가 울려 퍼졌다.

인체에는 어깨부터 팔에 걸쳐서 커다란 신경이 지나간다. 그 중간지점인 팔꿈치를 자극하면 견딜 수 없는 격통에 휩싸인다. 인체의 급소 중 한 곳으로, 고문할 때도 자주 쓰는 수법이다.

적의 손바닥이 펴지더니 나이프가 굴러떨어졌다. 상대가 고통에 겨워하는 틈에 뜨레인따가 적의 반대쪽 팔을 쥐고서 마찬가지로 나이프로 팔꿈치를 가차 없이 꿰뚫었다.

"아, 끅…… 아아, 젠장."

너무 고통스러운 나머지 상대가 땅바닥에 털썩 주저앉

아 몸을 웅크린 채 부르르 떨었다. 더는 나이프를 쥘 수 없겠지.

얼굴, 몸통, 그리고 두 팔— 상대의 온몸에 한바탕 고통을 가했다. 아픔은 전의를 상실케 한다. 몸과 마음 모두 시키는 대로 따르지 않게 된다.

<small>아파하는 모습을 보니 더는 꼼짝도 못하겠지</small>
"Ya no podrás moverte con ese dolor."

고개를 푹 숙이고서 웅크린 채 부들부들 떠는 작은 몸을 뜨레인따가 싸늘하게 내려다봤다.

이 정도 공격을 받고서 반격했던 자는 과거에 한 명도 없었다. 이 녀석은 이제 끝났다.

<small>곧 편하게 해주마</small>
"Ahora te haré sentir mejor."

교살하고자 상대의 목에 두 손을 뻗었을 때— 고통에 겨워하며 표정을 잔뜩 구겼던 남자의 얼굴이 확 누그러졌다.

그 동시에 남자가 입꼬리를 올렸다.

그 표정에 뜨레인따의 눈이 휘둥그레졌다.

—이 녀석, 설마 웃고 있나?

9회 말

고통에는 강한 편이었다. 그렇게 되도록 훈련받았다. 그러나 이토록 아프다면 이야기는 달랐다.

―젠장, 꼼짝도 못하겠네.

린이 인상을 찡그렸다.

남자의 공격을 모조리 정통으로 맞고 말았다. 격통이 극심해서 몸이 말을 듣지 않았다. 관자놀이를 가격당해서 머리가 흔들거렸다. 숨을 쉬기만 해도 갈비뼈가 욱신거렸다. 뼈가 몇 개 부러졌는지도 모르겠다.

더욱이 두 팔을 움직일 수 없었다. 신경도 당했다.

고통 때문에 온몸에 힘이 들어가지 않았다. 나이프를 쥘 수 없었다. 싸울 수도, 도망칠 수도 없었다.

적이 서서히 다가왔다.

제기랄. 린이 혀를 찼다. 이대로는 끝장이다.

어떻게든 이 상황을 타개하기 위해 궁리를 거듭하던 린의 시야에 바닥에 떨어져 있던 무언가가 비쳤다.

―작은 병이었다.

어디선가 본 적이 있었다. 그러고 보니 중국인 패거리가 진통제를 준 적이 있었다. 주머니에 넣어뒀는데 전투를 하다가 굴러떨어졌나 보다.

작은 병에는 모르핀 신약이 담겨 있다고 들었다. 모르핀은 뇌로 향하는 감각 신호를 제한하여 통증을 억제하는 효과가 있다. 그러나 한편으로 운동능력이 저하되는 부작용도 있다. 한 번 복용하면 오랫동안 싸울 수 없겠지. 그러나 이대로 아무 저항도 못하고 죽을 수도 없었다.

―일격으로 끝장을 내야 해.

린은 이를 악물고서 간신히 작은 병을 쥔 뒤에 앞니로 용기 마개를 땄다. 상대가 보지 못하도록 몸을 웅크리고서 약을 목구멍에 흘려 넣었다.

곧바로 머리가 몽롱해졌다. 그와 동시에 온몸의 통증이 가라앉았다. 과연 즉효성이 맞구나.

"Ahora te haré sentir mejor." _{곧 편하게 해주마}

바로 근처에서 목소리가 들려왔다. 남자가 눈앞까지 엄

습했다.

 상대가 이쪽으로 팔을 뻗으려고 하자 린이 움직였다.

 꽉 쥐고 있던 나이프로 남자의 몸을 찔렀다. 그러나 겨냥한 지점에서 빗나가고 말았다. 린이 젠장, 하고 혀를 찼다. 남자의 허벅지에서 피가 흘렀다. 배를 찌를 작정이었는데 남자가 잽싸게 피했다.

 남자가 고통에 비명을 질렀다. 다리를 질질 끌듯 뒷걸음질을 쳤다.

 ─놓칠까보냐, 이 자식.

 생포하라고 했지만 알 바 아니었다. 자신은 킬러다. 더욱이 지금은 죽이지 않으면 죽는 상황이었다. 린은 상대의 급소를 겨냥하고서 나이프 피스톨의 방아쇠를 당겼다.

 총성이 울리자마자 남자가 신음하며 그 자리에 쓰러졌다. 심장을 꿰뚫어버릴 작정이었으나 약 때문에 시야가 흐릿해서 또 빗나가고 말았다. 남자의 배에서 피가 뿜어져 나왔다.

 린이 휘청거리면서 일어섰다.

 "아— 젠장…… 차라리 숙취에 시달리는 게 더 낫겠네……."

 역시 아편 계열 마약다웠다. 마치 만취한 기분이었다. 린이 맥없이 더벅더벅 남자에게 다가갔다. 적이 간신히 숨을 쉬고 있었다. 급소를 피했으니 죽지 않았겠지. 린은 만약을 위해 나이프 자루로 남자의 머리를 후려쳐 기절시켰다.

고전했지만 결판은 냈다. 이제는 이 남자를 마르티네스 일행에게 넘겨야만 했다.

린이 남자의 두 다리를 쥐고서 질질 끌고 가려고 했지만 무리였다.

"……무거워 죽겠네."

지금 자신의 힘으로는 아무리 기를 써도 옮길 수 없을 것 같았다. 도와줄 사람을 불러야겠다. 린은 마르티네스라도 부를까, 하고 생각하며 발걸음을 돌렸다.

린이 남자를 내버려두고서 일단 선셋 파크로 돌아갔다. 거래 현장에는 아직도 실신한 야쿠자와 살해된 중국인들이 널브러져 있었다.

린이 마르티네스를 찾으려 주변을 둘러보고 있으니 갑자기 누군가가 자신의 이름을 외쳤다.

"―린!"

―반바의 목소리였다.

* * *

"……어라라?"

대자로 뻗어버린 멕시코 남자를 내려다보고서 반바가

한숨을 내쉬었다.

"좀 지나쳤구만."

소중한 동료를「비겁한 배신자」라느니「호모」라고 모욕해서 잠자코 있을 수가 없었다. 분노가 치밀어서 이성을 제어할 수가 없었다. 평소답지 않게 상대를 엉망진창으로 패고 말았다. 반바는 살짝 반성했다.

반바가 기절한 남자를 안아 올린 채 풋살장을 나왔다. 해안 산책로를 지나 원래 장소로 돌아갔다.

한동안 나아가니 선셋 파크의 하얀 기념물이 보이기 시작했다. 그 근처에 누군가가 서있었다. 키가 큰 남자였다. 뒷모습으로 보아 린이나 마르티네스, 리카르도는 아니었다. 아마도 노마파 야쿠자겠지. 반바가 쓰러뜨렸던 남자였다. 기절시켰는데 어느새 깨어났나.

자세히 보니 그 남자가 총을 들고 있었다.

남자가 쳐다보는 방향에— 린이 있었다.

반바가 숨을 헉, 삼키고서 둘러메고 있던 남자를 내팽개쳤다.

"린!"

반바가 외쳤다.

목소리에 반응하여 린이 돌아봤다.

노마파 남자가 외쳤다.

"—으, 죽어라!"

당장에라도 방아쇠를 당기려고 하는 상대가 있음을 알아채고서 린의 눈이 휘둥그레졌다.

* * *

반바의 목소리에 반응하여 돌아봤을 때는 이미 늦었다. 기절한 줄 알았던 남자가 일어서서 총구로 이쪽을 겨누고 있었다.

평소였다면 바로 반응했겠지. 상대의 공격을 피했거나, 반격했거나.

그러나 지금은 움직일 수 없었다. 약 때문이었다. 복용한 진통제의 부작용 때문에 통각과 함께 뇌의 판단력이 무뎌졌다. 멍하니 그 광경을 바라볼 수밖에 없었다.

그 순간— 꼼짝도 못하는 린을 대신하여 반바가 움직였다.

남자보다 십여 미터 뒤에 있던 반바가 오른팔을 휘둘렀다.

무언가를 던진 듯했다. 하얀 공이 날아들어 남자의 뒤통수에 직격했다.

남자가 그 충격에 쓰러져 다시 기절했다.

반바가 던진 것은 경식 야구공이었다. 남자의 머리에 맞고 튕겨서 그대로 바다에 첨벙 빠졌다.

"아—앗!"

린이 바다에 대고 외쳤다.

"어, 야! 방금 그거 그 공 아냐!"

린이 당황하여 반바에게 따지자 그가 시원한 얼굴로 "맞는데" 하고 대답했다.

린은 어리둥절했다. 뭐가 맞는데야? 대체 무슨 짓거리를 한 거냐고.

"소중한 물건이잖아!"

린이 추궁하자 반바가 "뭐, 그렇지" 하고 쓴웃음을 지었다.

"그건 말이야. 홈런 볼이었어."

"……홈런 볼?"

"그래."

반바가 고개를 끄덕이고서 말을 이어나갔다.

"저기, 야구시합에서 선수가 홈런을 치면 관중이 받아내잖아?"

"……아아, 그거?"

그러고 보니 야구 중계에서 그런 장면을 자주 본 적이 있었다. 가끔은 관중끼리 공을 두고 다투기도 한다지?

"내가 아직 쪼그마했을 때 가족과 야구를 보러 갔어. 그때 외국인 4번 타자가 홈런을 쳤지. 게다가 굿바이 홈런이었어. 그 타구가 내 쪽으로 날아들었고, 아버지가 잡아냈지."

반바가 바다를 보면서 말했다.
"그게 저 공. 아버지가 내게 줬지."
반바가 정겨워하며 눈을 가늘게 떴다.
그 표정을 보니 왠지 짐작이 갔다. 혹시 그 아버지는 이미 이 세상에 없을지도 모르겠다. 반바에게 그 꾀죄죄한 공은 아버지의 추억이 서려 있는 소중한 물건이었겠지.
몰랐다. 설마 그토록 중요한 물건이었을 줄이야.
주변이 어두워서 어디에 있는지 모르겠지만, 공이 물에 빠진 지 얼마 되지 않았다. 분명 바다 위에 떠 있을 터. 지금이라면 찾아낼 수 있을지도 모르겠다. 공이 물을 흡수하여 가라앉기 전에 찾아내야만 했다.
린이 울타리 밖으로 몸을 내밀고서 바다를 응시하며 공을 찾았다.
반바가 그런 린의 어깨를 가볍게 두드리고서 고개를 가로저었다.
"이제 됐어."
그 말처럼 미련이라고는 전혀 찾아볼 수 없는 후련한 표정이었다.
"홈런 볼은 또 잡으러 가면 되는 거야."
반바가 너무 태연하게 말하자 린도 "그래?" 하고 수긍할 수밖에 없었다.

린도 가족과의 추억을 소중히 간직해왔다. 어머니와 여동생 사진은 지금도 몸에서 떼어놓지 않고 소지하고 있었다. 그래서 그 시합구가 얼마나 소중한지 뼈저릴 만큼 잘 알았다.

"……미안."

자연스럽게 린의 입에서 그 말이 새어 나왔다.

그때 자신이 공을 버리지 않았다면 반바가 추억의 물건을 잃어버리지 않았을 것이다. 아까 전에 자신이 적의 공격을 감지하고서 반응했다면 그 공은 지금도 반바의 주머니 속에 있었을 것이다.

나 때문에. 린이 고개를 푹 떨궜다.

"괜념치 마, 린."

린이 침울해하며 어깨를 축 늘어뜨리자 반바가 웃었다.

"하지만 소중한 추억이잖냐."

"어떻게 물건 자체가 추억이 될 수 있겠니."

반바가 과거를 그리워하듯 눈을 가늘게 떴다.

『그 녀석한테도 여러 사정이 있다. 그 여러 사정에 네가 휘말리지 않도록 입을 다문 게야.』

그때 겐조가 했던 말의 의미를 린은 왠지 알 것 같았다. 반바는 분명 자신의 과거가 동료에게 미치는 것을 우려하고 있겠지. 그래서 자신에 관한 이야기를 하지 않았다. 들려주지 않는다면 휘말리지도 않을 테니까.

그런데 그게 뭐 어쨌다고. 그딴 건 나와 관계없어. 아무렇든 상관없어. 딴 녀석들도 그렇게 생각하겠지.

동료를 위해 선을 긋는다ㅡ. 그런 이유로 그어놓은 선이라면 사양하지 않겠다. 앞으로는 철저히 넘어주마.

"ㅡ야."

린이 반바를 올려다보고서 입을 열었다.

"다음에 네 아버지 이야기 좀 들려줘라."

린이 말하자 반바가 순간 놀란 표정을 지었다. 린이 진지한 눈빛으로 그 얼굴을 쳐다봤다.

잠시 뒤 반바가 작게 웃고서 "좋지" 하고 수긍했다. 자신의 생각이 전해졌는지는 모르겠다. 그러나 승낙해줬다. 오늘은 그것으로 족했다.

반바가 바다 쪽으로 시선을 돌리고서 가리켰다.

"앗, 마르 씨 일행이 돌아오고 있다."

낚싯배가 보였다. 마르티네스와 리카르도가 타고 있었다. 지그재그로 운행하면서 선셋 파크로 돌아오고 있었다.

"……맞다."

린이 무언가 떠올랐다는 투로 말했다.

"저기에 남자를 내버려두고 왔다. 옮기는 것 좀 도와줘."

* * *

리카르도 일행은 어떻게든 배를 조종하여 선셋 파크로 돌아왔다. 공원 여기저기에 노마파와 중국인 조직원들이 나뒹굴었다. 개중에는 오초도 있었다.

그러나 반바와 린의 모습은 없었다. 리카르도가 고개를 갸웃거렸다.

"그 둘은 어디 갔나?"

"이제 곧 돌아오겠지."

리카르도와 마르티네스는 쓰러져 있는 남자 전원을 배에 옮긴 뒤 밧줄로 묶었다. 우노와 오초에게는 수갑을 채운 뒤 다리도 밧줄로 묶었다. 이로써 꼼짝도 못하겠지. 애벌레처럼 누워 있는 오초를 밧줄로 비트에 매달아둔 뒤 리카르도는 DEA 본부에 보고했다. 이제는 추가 인력이 도착하여 그들의 신병을 인수할 때까지 기다리면 된다.

만에 하나를 대비하여 카르텔 멤버의 다리에 GPS 장치를 부착하다가 마르티네스가 문득 깨달았다.

"뭐야? 스페어가 다 떨어졌다고 하지 않았어?"

"아아."

그러고 보니 그런 말을 했었지.

"거짓말이었다."

리카르도가 말하자 마르티네스가 "오호라" 하고 히죽거렸다.

리카르도가 헛기침을 하고는 우노를 쳐다보며 물었다.

"왜 우노를 죽이지 않았지? 마음만 먹었다면 죽일 수 있었을 텐데."

"말했잖아. 난 이제 킬러가 아냐."

"이 녀석들을 살려두면 돈 라미로한테 네 존재가 알려질 거다. 이 도시로 자객을 보낼지도 몰라."

"─걱정할 거 없다고."

그렇게 대답한 사람은 마르티네스가 아니었다. 그의 동료인 린이었다.

배후에서 목소리가 들리자 리카르도와 마르티네스가 함께 돌아봤다. 저 앞에 린과 반바가 서 있었다. 반바는 뜨레인따의 몸을 둘러메고 있었다.

"맞아, 맞아."

린의 옆에서 반바도 수긍했다.

"우리가 붙어 있으니 괜찮아. 우리의 소중한 주포에 아무도 손을 댈 수는 없지."

"누가 오든 무찔러줄게. 이렇게 말이야."

린이 뜨레인따의 몸을 가리켰다. 전투에 패배하여 피를 흘리며 기절했다.

"오, 너희들, 고생했다."

마르티네스가 두 사람에게 말했다.

"―아니, 린! 너도 다쳤잖아. 괜찮아?"

"별거 아냐."

린이 웃어넘겼다.

"아니, 별일이 있긴 했군."

리카르도가 어리둥절해하며 린의 몸을 가리켰다.

"팔꿈치에서 피가 흐른다."

"적이 척골신경을 노렸구만. 병원에 꼭 가라."

마르티네스가 충고하자 린이 순순히 수긍했다.

"그래, 사에키 선생한테 봐달라고 할게."

리카르도가 뜨레인따에게 수갑을 채운 뒤 다른 카르텔 멤버와 마찬가지로 구속했다.

"둘 다 고맙군. 덕분에 살았다."

마르티네스가 감사를 표하자 반바와 린이 웃었다.

"됐어."

"다음에 밥이나 쏴."

"어어, 물론이지."

역할을 마친 두 사람이 발걸음을 돌려 대화를 나누며 떠나갔다.

"왠지 출출하네. 사에키 선생한테 들른 뒤에 라멘이라도 먹고 돌아갈까?"

"그럴 기분 아냐. 약 때문에 머리가 몽롱하기도 하고."

"……약?"

반바의 목소리가 바뀌었다.

"린, 언제 그런 못된 장난을 배운 거야!"

"시끄러워, 그냥 진통제라고!"

마르티네스가 저 두 사람의 뒷모습을 바라보며 득의양양하게 말했다.

"우리 팀의 2루수·유격수 콤비는 든든하다고."

연장전

마약수사관처럼 수지가 맞지 않는 직업은 또 없다고 DEA 수사관 곤잘레스는 늘 생각했다.

수사관들이 잠자는 시간까지 아껴가며 일하고, 목숨을 걸고 임무를 수행하는 동안에 카르텔 패거리는 인생을 걸판지게 즐긴다. 금시계나 목걸이로 스스로를 장식하고, 호화로운 저택을 세우고, 여자를 옆에 끼고서 고급차를 타고 돌아다닌다. 아주 부러워 죽겠다. 진지하게 일하는 게 한심해졌다.

마가 끼었다고 해야 할까. 곤잘레스가 자신의 직업에서 의미를 찾지 못하게 된 것은 지금으로부터 9년쯤 전이었다.

그 무렵에 DEA는 주로 미국에 코카인을 유통하는 베라크루스 카르텔이라는 조직에 주목하고 있었다. 놈들의 꼬리를 잡기 위해 젊은 수사관을 내부에 잠입시켰다.

베라크루스 카르텔의 보스는 라미로 산체스라는 남자였다.

그 돈 라미로의 환심을 어떻게든 살 수 없을까? 하고 곤잘레스는 생각했다. 현 위치에서 자세한 수사 상황부터 압수수색 계획까지 뭐든지 구할 수 있었다. 상대가 몹시도 갖고 싶어 하는 정보겠지. 그것을 미끼로 내걸고서 라미로와 거래한다면 앞으로는 달콤한 꿀을 빨면서 살 수 있으리라.

곤잘레스는 비번일 때 멕시코로 건너가 라미로가 자주 찾는 지역 술집(바르)에 미리 가 있었다.

정보대로 라미로가 그곳을 찾아왔다. 한 보디가드를 데리고서. 그 남자의 얼굴을 잘 알고 있었다. —베라크루스의 처형인·알렉스. 돈 라미로의 심복 킬러. DEA 안에서도 유명한 인물이었다.

라미로가 안쪽 자리에 앉았다. 그곳이 그의 특등석인 듯했다. 알렉스는 그 맞은편에서 식사를 했다.

곤잘레스가 당당한 발걸음으로 라미로에게 다가갔다.

움직임을 알아채고서 알렉스가 일어섰다. 보스를 지키고자 앞길을 막았다.

『돈한테 다가가지 마라.』

알렉스가 사나운 목소리로 명령했다. 살기가 엄청났다.

『할 얘기가 있어, 돈 라미로.』

곤잘레스가 덩치가 큰 알렉스 뒤에 있는 돈 라미로에게 말을 걸었다.

『난 없다.』

그러나 라미로가 일축했다.

『썩 사라져.』

그래도 물고 늘어질 수밖에 없었다.

『매몰차게 굴지 마. 당신한테 유익한 정보가 있다고.』

곧바로 본론에 들어가는 편이 나을 듯했다. 곤잘레스가 목소리를 낮춰 속삭였다.

『당신이 데리고 있는 루이스라는 운송업자. 그 녀석, 미국의 개야.』

라미로가 그 말에 덥석 반응했다. 식사를 하던 손을 멈추고서 시선을 이쪽으로 돌렸다.

『……미국의 개? 무슨 의미냐?』

『자세한 건 본인한테 물어봐. 그런 거 잘 하잖아?』

라미로가 손가락으로 탁자를 몇 번 두드리고서 알렉스에게 앉으라고 손짓했다. 곤잘레스의 이야기를 들을 마음이 생겼나 보다. 알렉스가 조용히 자리에 앉고서 식사를 재개했다. 주인에게 충실한 개로군, 하고 곤잘레스가 속으로 비웃었다.

『목적이 뭐야?』

라미로가 나직이 물었다.

『우선 내 정보가 맞는지부터 확인해봐. 이야기는 그 뒤야.』

『맞는다면 어쩔 작정이지?』

『댁이랑 친하게 지내고 싶어..』

곤잘레스가 목소리를 더욱 낮췄다.

『난 당신이 알고 싶어 하는 정보를 넘겨줄 수 있어. 경찰이 검문하는 장소나 압수 수색하는 일정까지 말이야. 당신은 그저 내 정보에 값만 치러주면 돼. 심플하지?』

라미로가 미심쩍어하며 미간을 찡그렸다.

『네놈은 뭐냐? 경찰관계자냐?』

『뭐, 그렇다고도 할 수 있겠지..』

곤잘레스가 모호하게 대답했다. 안전을 위해 신분을 밝히지 않는 편이 낫겠지.

『그냥 정보상이라고 생각해.』

그 이후로 9년 동안 곤잘레스는 마약단속국의 수사관이면서 마약 카르텔의 스파이로서 살아왔다. 베라크루스 카르텔이 붕괴된 후에는 그 후신이라고 할 수 있는 로스 에세스의 협력자가 됐다. 종전대로 수사 상황을 보고하고 그대가로 적지 않은 뇌물을 받아 챙겼다. 다른 경찰도 흔히 하는 짓이었다. 죄책감은 터럭만큼도 없었다.

그 로스 에세스가 몇 주 전에 후쿠오카에서 비즈니스를 시작하겠다고 말을 꺼냈다. 예전부터 그들은 아시아로 진출할 계획을 세웠다. 그 본거지로 후쿠오카라는 도시를 택한 듯했다.

딱 하나 문제가 있었다. 현재 후쿠오카에는 동료인 리카르도 세이야 오르테가 수사관이 잠입해 있었다. 그 남자는 정의감이 투철하고, 카르텔을 깊이 증오했다. 로스 에세스가 후쿠오카에 상륙했다는 정보를 얻는다면 혼자서라도 그들의 거래에 끼어들 만큼 무모했다. 리카르도가 로스 에세스를 체포한다면 이쪽이 곤란했다.

그런데 다행히도 리카르도는 잠입수사에서 발을 빼려고 했다. 곤잘레스는 자신이 주재수사관 후임을 맡겠다고 자청하고서 곧바로 후쿠오카로 날아갔다.

그리고 거래 당일. 역시나 움직임이 있었다. 불길한 예감이 적중했고, 로스 에세스는 거래하던 중에 습격을 받았다. 리카르도의 소행이었다. 후쿠오카 시내에 대기했던 곤잘레스가 우노의 연락을 받고서 부두로 급히 달려갔다.

거래현장인 선셋 파크에 가보니 DEA 방탄조끼를 입은 남자의 모습을 발견했다. 리카르도였다.

"―리카르도."

말을 걸자 남자가 돌아봤다.

"곤잘레스!"

리카르도가 놀라서 눈이 동그래졌다.

"벌써 일본에 와 있었나?"

"어어, 어제 막 도착했어."

곤잘레스가 대답하고서 화제를 바꿨다.

"그보다도 본부에서 들었어. 오르테가 수사관, 대단한 공을 세웠잖아? 놈들은 어딨어?"

"저기 있어. 수갑을 채운 뒤 전원 묶어놨지."

곤잘레스가 "그래?" 하고 고개를 끄덕였다. 어서 달아나게 해야 한다.

그때였다.

"뭐야, 누구랑 얘기하는 거냐?"

리카르도 말고 다른 한 남자가 모습을 드러냈다.

―저 녀석은 설마.

한눈에 보고 바로 알아챘다. 저 거뭇한 피부와 커다란 몸. 팔에 새겨진 타투. 잊을 리가 없었다. ―알렉스였다.

아뿔싸. 9년 전에 딱 한 번 그 멕시코 술집에서 녀석과 만났다. 얼굴을 보였다.

―자신의 정체를 알아채기 전에 놈의 입을 막아야 한다.

곤잘레스가 곧바로 옆구리에 찬 홀스터에서 총을 뽑아 알렉스의 커다란 몸에 겨누고서 방아쇠를 당겼다.

총성이 한 발 울렸다.

탄환이 알렉스의 방탄조끼 한가운데에 박혔다. 이 지근거리에서, 그것도 대구경 총으로 쐈다. 제아무리 방탄조끼를 입었다고는 해도 멀쩡할 리가 없으리라. 알렉스는 피탄된 충격으로 기절했는지 그대로 땅바닥에 엎어졌다.

"이봐, 왜 쐈어!"

리카르도가 외쳤다.

"왜냐니?"

곤잘레스도 험악한 목소리로 되받아쳤다.

"리카르도, 정신 나갔어?! 저 녀석의 팔을 보라고! 악당이야!"

"그건, 알아."

리카르도가 흥분을 억누르며 말했다.

"……이 자는, 내 협력자야."

"그렇다면 협력은 여기까지군. 이 녀석을 체포하겠어."

알렉스가 쓰러진 채로 몸을 배배 꼬며 신음했다. 의식은 붙어 있는 듯했다.

"젠장……."

그가 곤잘레스를 노려보며 갈라진 목소리로 고통스럽게

중얼거렸다.

"가이시…… 가오, 미제……."

알렉스가 의미를 알 수 없는 말을 지껄였다. 곤잘레스가 그 거한을 가리키며 동료에게 명령했다.

"리카르도, 저 녀석한테 수갑 채워."

"하지만 이 녀석은—."

리카르도가 주저하자 곤잘레스가 "어서!" 하고 외쳤다.

리카르도가 마지못해 고개를 끄덕이고서 알렉스의 등 뒤로 돌아갔다. 금속음이 딸깍 들렸다.

"좋아, 됐어."

곤잘레스가 고개를 끄덕였다.

"에세스 놈들을 옮기자."

"이쪽이야."

리카르도가 발걸음을 돌려 걸어 나갔다.

알렉스를 그곳에 남겨두고서 산책로를 한동안 나아갔을 즈음에…….

"—멈춰."

곤잘레스가 리카르도의 등에 총구를 겨눴다.

"……."

리카르도가 아무 말 없이 뚝 멈췄다.

"총 버려."

곤잘레스가 명령하자 리카르도는 시키는 대로 소지했던 권총을 던졌다. 검은 덩어리가 콘크리트 위를 굴렀다.
 "손 들어."
 리카르도가 순순히 손을 올리면서 이쪽을 서서히 돌아봤다.
 "뭐 하는 짓이지, 곤잘레스?"
 "아직도 눈치를 못 챘냐?"
 곤잘레스가 히죽 웃었다.
 "내가 여기 온 이유는 널 돕기 위해서가 아냐. 로스 에세스 녀석을 도주시키기 위해서야."
 "……녀석들과 연루되어 있었나?"
 "어, 맞아. 우노가 후쿠오카에서 거래를 한다고 들었다. 널 대신하여 날 후쿠오카에 파견해달라고 상사한테 부탁한 이유도 놈들의 사업을 돕기 위해서야. 로스 에세스가 체포되면 내가 곤란하거든. 저 녀석들은 귀중한 수입원이니까 말이야."
 "언제부터냐."
 리카르도가 미간을 찡그렸다.
 "언제부터 카르텔의 개가 됐나."
 "9년 전."
 곤잘레스가 말을 이어나갔다.

"네가 배신자라고 돈 라미로한테 찌른 사람도 바로 나야. 널 팔아넘긴 덕분에 놈들의 신용을 얻을 수 있었지."

"……썩을 놈."

리카르도가 노려보며 말을 내뱉었다.

"용서 못해."

"아쉽게 됐네, 리카르도. 넌 여기서 죽는다."

곤잘레스가 방아쇠에 손가락을 걸었다.

"넌 로스 에세스를 체포했지만, 허를 찔려 반격을 받아 사살됐다. 명예롭게 순직했고, 놈들은 무사히 달아났다―. 시나리오를 그렇게 꾸몄어."

리카르도가 코웃음을 흥, 쳤다.

"시시하군. 네놈의 각본으로 아리엘상은 어렵겠군."

"대단해. 이런 상황에서도 주접을 떨 여유가 있다니."

"어떤 인간의 버릇이 옮아버렸어."

"마지막에 남길 말은 없냐?"

곤잘레스가 묻자 리카르도가 고개를 끄덕였다.

"어, 있지."

그러고는 곧장 이쪽을 응시하며 씨익 웃었다.

"또 보자, 곤잘레스. 형무소에서 만나자고."

곤잘레스가 뭐라고? 하고 되묻기 전에 목소리가 들렸다.

"―아디오스, 수사관."

배후에서 누군가가 말했다.

—알렉스의 목소리였다.

곤잘레스가 뒤를 돌아보자마자 강한 충격이 엄습했다. 수갑이 채워져 있어야 할 알렉스가 쇠파이프로 후려쳤다. 힘껏 풀스윙한 금속 막대기가 곤잘레스의 몸을 적확히 가격했다. 그의 몸이 세차게 튕겨지더니 그대로 울타리를 훅 넘어 바닷속으로 미끄러지듯 떨어졌다.

머리부터 바다로 떨어지면서 물보라가 세차게 튀었다. 곤잘레스가 당황하여 팔다리를 바둥거렸다. 필사적으로 허우적거리며 물 위로 떠오른 뒤 두 손으로 콘크리트를 잡았다.

겨우 수면 밖으로 고개를 내밀자 두 남자가 기다리고 있었다. 리카르도와 알렉스가 그를 내려다봤다.

"굿바이 장외 홈런이군."

쇠파이프를 어깨에 둘러메고서 알렉스가 이를 드러내며 웃었다.

리카르도가 흠뻑 젖은 곤잘레스를 노려보며 "배신자는 두꺼비 물속이 딱 어울리지" 하고 내뱉었다.

두 사람을 보고서 곤잘레스는 아연실색했다. 자신에게 대체 무슨 일이 벌어졌는지 아직도 파악하지 못한 눈치였다. 굉장히 혼란스러워했다.

바닷물을 뱉어내면서 그가 입을 열었다.

"어째서. 어떻게 된 거야, 이게—."

—어떻게 알렉스가 나를 때렸지?

"수갑은, 어쨌냐!"

수갑이 채워지는 소리를 분명 들었다. 알렉스는 구속됐어야 했다. 대체 무슨 수를 쓴 거지? 설마 팔이 뒤로 돌아간 상태에서 풀었나?

"채웠어."

리카르도가 대답했다.

"양쪽 모두, 왼팔에 말이야."

그 말을 듣고서 비로소 깨달았다. 알렉스의 왼쪽 손목에 마치 팔찌처럼 금속 고리가 감겨 있었다.

"무슨—."

곤잘레스의 눈이 뒤집어졌다.

이게 대체 뭐야? 의문이 떠올랐다. 리카르도가 어째서 알렉스를 구속하지 않았지? 자신의 목적을 꿰뚫어봤다는 말인가?

"……내가 배신자라는 걸 알았어?"

"아까 알았지. 이 녀석이 알려줬거든."

리카르도가 옆에 있는 남자를 엄지로 가리켰다.

"네 얼굴이 낯이 익었으니까."

알렉스가 대신 말을 이어나갔다.

"바로 알아챘지. 그때 베라크루스에서 돈 라미로와 만났던 녀석이구나, 하고. 설마 DEA 수사관이었을 줄은 몰랐지만."

"하지만 어떻게—."

자신이 배신자라는 사실을 대체 어떻게 리카르도에게 알려준 것인가.

알렉스가 그 답을 말했다.

"네가 알아채지 못하도록 중국어로 전했다. 고밀자란 너 같은 고자질쟁이를 가리키는 뜻이거든."

아까 알렉스가 중얼거렸던 말이 떠올랐다. 무슨 의미인지 모르는 그 단어로 리카르도에게 자신의 정체를 알려줬던가?

알렉스가 곤잘레스의 손을 잡고서 바다에서 끌어올렸다. 그대로 손목을 뒤로 비틀고서 몸을 억눌렀다. 리카르도가 바로 수갑을 채웠다.

곤잘레스를 구속한 뒤……

"이봐, 리코."

알렉스가 하얀 이를 내보이며 왠지 득의양양하게 웃었다.

"내 중국어 강의도 도움이 꽤 됐지?"

주역 인터뷰

며칠 뒤 마르티네스는 리카르도와 다시 만났다.

장소는 오야후코도오리에 위치한 【Volare】라는 멕시코 요리전문점이었다. 경쾌한 살사 음악이 흐르는 실내에는 카운터와 탁자석 몇 개가 놓여 있었다. 외국인의 모습도 많이 보였다.

리카르도는 카운터 구석에 앉아 있었다. 마르티네스는 그 옆에 앉아 술을 주문했다.

두 사람이 테킬라 샷을 들었다.
"¡Salud!" (건배)

단숨에 비운 뒤 다음 잔을 받고서 마르티네스가 물었다.
"무슨 일이야. 갑자기 사람을 부르고."

오늘 식사하자고 먼저 청한 사람은 리카르도였다.

얇게 썬 라임이 든 코로나 맥주를 병째로 들이키면서 리카르도가 대답했다.

"고맙다는 인사를 아직 하지 않은 것 같더라. 네 덕분에 에세스 놈들과 내부 배신자도 붙잡았다. 고맙군."

로스 에세스— 우노, 오초, 뜨레인따 셋은 마르티네스 일행의 활약으로 무사히 체포됐다. 그들이 장차 팔아치우려고 획책했던 약물 3백 킬로그램도 모조리 압수했다. 더불어서 오랫동안 DEA 내부에 설쳐댔던 카르텔의 개도 색출해냈다.

노마파가 야비하게 공격했기에 중국인 그룹과의 항쟁은 극렬해졌다. 중국인 멤버 대부분이 목숨을 잃었고, 마약그룹은 괴멸했다. 그래서 그들이 갖고 있던 홍콩과 후쿠오카를 잇는 마약 밀수 루트는 끊어졌다. 한편 노마파도 항쟁을 시끌벅적하게 벌인 바람에 경찰의 감시가 더욱 강해져서 사업에 지장이 생겼다. 모든 것이 좋은 방향으로 흘러갔다.

리카르도가 갈색 봉투를 내밀었다. 꽤 두둑했다. 안에만 엔짜리 지폐가 담겨 있겠지.

"이건 사례금이야. 받아둬."

마르티네스가 고개를 가로저었다. 딱히 돈 때문에 도운 것이 아니었다.

"받을 수 없어. 난 그저 묵은 빚을 갚았을 뿐이야."

그가 봉투를 리카르도에게 되밀었다.

"위자료라고 생각해."

리카르도가 순순히 돈을 품속에 다시 넣었다.

"그래, 알겠다. 그때 있었던 일은 다 흘려버리도록 하지."

"그거 고맙군."

"오늘은 내가 산다. 마음껏 마셔."

리카르도가 그렇게 말하고서 초리소와 피클스 등 여러 요리를 추가했다. 이 가게의 요리는 모두 일품이었다.

"……그리고 그 건 말인데."

앞에 나온 음식을 안주 삼아 맥주를 마시다가 리카르도가 마침 떠올랐다는 듯 입을 열었다.

"ICPO에 연줄이 있다. 널 사망한 것으로 처리해달라고 손을 써두겠다."

"진짜?"

마르티네스가 들뜬 목소리로 말했다.

"고맙구만."

"그보다도 정말로 괜찮나? 딴 곳으로 달아나지 하지 않나?"

우노와 그 패거리는 살아 있었다. 수사기관 내부에 도사리는 스파이도 곤잘레스 한 사람뿐이 아니겠지. 카르텔을 CIA에 팔아넘긴 배신자·알렉스가 머나먼 일본의 도시에 살아 있다는 정보는 언젠가 형무소에 있는 돈 라미로의 귀에도 들어갈 것이다. 담벼락 안에서 라미로가 마르티네스를 말살하라며 후쿠오카에 자객을 보낼 가능성도 있었다.

그래서 DEA의 증인 보호 프로그램을 받을 생각이 없느냐고 리카르도가 타진했다.

그러나 마르티네스가 거절했다.

"필요 없어."

제아무리 목숨을 잃을 위험이 있더라도 이름을 또 바꾸고서 다른 나라로 도망칠 생각은 없었다.

"도망치거나 숨는 건 내 성미에 맞질 않아."

마르티네스가 코로나를 기울여 목구멍에 흘렸다.

"게다가 난 이 도시가 마음에 들어. 떠날 마음 없어."

"든든한 팀메이트도 있고 말이지."

"바로 그거지."

마르티네스가 리카르도의 얼굴을 가리켰다.
"넌 앞으로 어쩔 셈이야?"
이번에는 마르티네스가 물었다.
"미국으로 돌아가나?"
"아니, 한동안 이 도시에 있을 거다. 후쿠오카 주재 수사관으로서."
"그럼 다음에 또 마실 수 있겠군."
마르티네스가 맥주병을 들어 보였다.
"다음에는 네가 사는 거다."
"오, 좋지."
"다음에는 초밥을 먹자. 나카스에 소재한 고급 초밥집에서."
"헛소리 마."
두 사람이 서로 마주 보고는 소리 내어 웃었다.

"무슨 곤란한 일이 생기거든 연락해."
마르티네스가 상대를 응시하며 말했다.
"언제라도 힘을 빌려주지, 파트너."
"그래."
리카르도가 웃으면서 고개를 끄덕이고는 대답했다.
"필요할 때 부탁하지, 페페."

좋은 밤이었다. 리카르도와 식당 앞에서 헤어진 뒤 마르티네스는 거나하게 취하여 하카타 방면으로 향했다.

목적지는 반바 탐정 사무소.

오른손에 들린 종이봉투 안에는 【Volare】에서 테이크아웃해온 타코스 몇 종류가 들어 있었다. 이번에 공훈을 세운 2루수·유격수 콤비에게 약소하게 답례를 할 생각이었다.

타코스를 한손에 들고서 탐정 사무소 문을 열었다. 잠겨 있지 않았다.

"요, 실례 좀 한다—."

마르티네스가 발을 내딛은 순간—.

"뭐 하는 짓이야!"

느닷없이 린의 노성이 날아들었다.

"사오라고 여러 번이나 말했잖아!"

대체 무슨 일이야? 마르티네스의 눈이 동그래졌다. 린이 험악하게 외치자 취기가 저절로 깼다.

"어쩔 수 없잖아. 깜빡 했는걸."

반바의 목소리도 들렸다. 이쪽도 짜증이 난 기색이었다.

마르티네스가 사무소 안을 들여다봤다. 실내 한가운데에서 반바와 린이 마주 보고서 말다툼을 벌이고 있었다. 왠지 심상치 않은 분위기였다.

"어떻게 맨날 까먹냐! 작작 좀 해라!"

"아— 진짜—."

반바가 인상을 찡그리며 귀를 틀어막았다.

"화장지 사는 걸 좀 깜빡한 걸 가지고 바가지를 북북북 긁다니 시끄러워."

"반성 좀 해라!"

린이 이를 드러내며 외치고서 반바의 얼굴에 쿠션을 내던졌다.

"이 반보 자식!"

"으앗! 뭔 짓이야!"

말다툼이 육탄전으로 발전했다. 린이 오른손으로 반바의 머리카락을 당기고, 왼손으로 뺨을 꼬집었다. 반바는 오른손으로 린의 멱살을 잡아 올리며 왼손으로 손목을 꽉 쥐었다.

반바와 린이 악귀 같은 얼굴로 드잡이를 벌였다.

"나 참, 이 녀석들은······."

마르티네스가 어깨를 들먹이며 한숨을 내쉬었다.

"뭐, 『Mientras más se pelean, más se quieren』이구만." (싸울 만큼 친하다)

그러나 이대로 놔둘 수는 없었다.

"야야, 너희들 진정해."

마르티네스가 싸워대고 있는 두 사람을 떼어냈다.

"싸우지 말래도. 화장지쯤은 내가 사올게."

그러고는 발걸음을 돌려 다급히 가장 가까운 편의점으로 뛰어갔다.

작가 후기

본 시리즈는 실제로 있는 지명과 조직, 사건 등을 참고 했습니다만, 완전한 픽션입니다. 실재하는 인물이나 조직 과는 전혀 관련이 없습니다. 이해해주십시오.

이럴 수가, 벌써 6권입니다! 시간이 참 빨리 지나가네요…….

6권 콘셉트는 『라틴계 버디 액션 영화』처럼 꾸미는 것이 었습니다. 그래서 우리의 주포인 호세 마르티네스를 이야 기의 주축으로 삼았습니다. 저는 라틴 문화를 좋아하는지 라 마르티네스라는 캐릭터를 특히 좋아합니다. 어쩌면 독 자 여러분 사이에서는 별로 인기가 없을지도 모르겠습니 다만, 한 명이라도 더 많은 분께서 「마르 씨 멋져!」하고 생각하시도록 집필했습니다. 그의 매력이 조금이라도 전해졌다면 기쁘기 그지없겠습니다. 5권의 반동으로 이야기의 분위기가 시종일관 경박했습니다만, 마르티네스의 스핀오프 같은 기분으로 이 『남자 이야기』를 편하게 즐겨주셨다면 다행이겠습니다.

 이번에도 수많은 분들께서 도와주셨습니다. 담당 편집자 와다 님과 엔도 님을 비롯하여 일러스트레이터 이치이로 하코 님, 본 작품이 출간될 수 있도록 애써주신 모든 분들께 깊은 감사를 올립니다. 언제나 고맙습니다!
 또한 이번에 작중에 스페인어를 삽입하기 위해 스페인어 강사인 I선생님께 번역을 부탁드렸습니다. 험한 슬랭까지 번역해주셔서 감사합니다. I선생님, 무차스 그라시아스!
 그리고 본 작품을 구입해주신 독자 여러분도 진심으로 감사합니다! 속편 출간이 다소 늦어져서 죄송합니다. 올해는 작품을 쭉쭉 보내드릴 수 있도록 열심히 노력할 테니 앞으로도 잘 부탁드립니다!

 마지막으로 홍보를 하겠습니다. 현재 월간 「G판타지」에서 만화판 『하카타 돈코츠 라멘즈』 연재되고 있습니다. 그런데 오늘 코믹스 1권도 발매됐습니다! 아키노 키사라 선생님께서 화려하게 그려주신 돈코츠 나인도 주목해주십시오!
그럼 다시 뵙겠습니다! 아디오스!

             키사키 치아키

하카타 돈코츠 라멘즈 6

초판 1쇄 발행 2024년 11월 20일

지은이_ CHIAKI KISAKI
일러스트_ HAKO ICHIIRO
옮긴이_ 박춘상

발행인_ 최원영
본부장_ 장혜경
편집장_ 김승신
편집진행_ 권세라 · 최혁수 · 김경민 · 최정민
편집디자인_ 양우연
국제업무_ 박진해 · 조은지 · 남궁명일
관리 · 영업_ 김민원 · 조은걸

펴낸곳_ (주)디앤씨미디어
등록_ 2002년 4월 25일 제20-260호
주소_ 서울시 구로구 디지털로 32길 30, 코오롱디지털타워빌란트 1301-1308호
전화_ 02-333-2513(대표)
팩시밀리_ 02-333-2514
이메일_ lnovellove@naver.com
L노벨 공식 카페_ http://cafe.naver.com/lnovel11

HAKATA TONKOTSU RAMENS Vol. 6
©Chiaki Kisaki 2017
First published in Japan in 2017 by KADOKAWA CORPORATION, Tokyo.
Korean translation rights arranged with KADOKAWA CORPORATION, Tokyo,
through Korea Copyrights Center inc.

ISBN 978-89-267-9988-8 04830
ISBN 978-89-267-7747-3 (세트)

값 12,000원

*이 책의 한국어판 저작권은 (주)한국저작권센터(KCC)를 통한 KADOKAWA CORPORATION와의
독점 계약으로 (주)디앤씨미디어에 있습니다.
저작권법에 의해 한국 내에서 보호를 받는 저작물이므로 무단전재와 복제를 금합니다.

*잘못된 책은 구매처에 문의하십시오.